情謎許願樹下

FIRST EDITION, September 2024

Anchor ISBN: 979-8-9874931-1-3

Printed in the United States of America

序

日子是由一粒粒的幼沙堆積而成，

而生活如幼沙隨着漫長的日子慢慢流走，抓也抓不住。

世事無常，瞬間一切已成過去，昨天發生的事只可留待追憶。

除了回憶，

世上彷彿什麼也沒有發生過。

第一輯

傳統上中國人的農曆新年每天都有一個節日，就如除夕晚是家人團聚的日子，年初一是家族團拜.年初二是外嫁的姑娘回娘家拜年的日子。由於年初三廣東人相信是赤口日，易生口角，所以大家都會到廟宇裡祈福。

而部分香港人卻選擇到大埔林村，因為在那裡有一棵樹，稱為許願樹。傳說祇要寫下自己的願望然後拋在樹上他們的願望亦會實現。

方偉力，他平實的個性，深得同事喜歡，但內向及害羞的性格使他到了適婚年齡還是孤單一人。

今天他跟著一班善信來到林村許願樹，他步入一家站滿了客人的店鋪，問：

"我是第一次來，請問應該如何開始？"

那店員拿出一堆已包裝好的香燭寶牒給他，說：

"寫下你的名字和許的願望，再將這個縛著願望的橙用力拋到樹上，這樣子，你的願望就可以實現。"

方偉力半信半疑的問："真的嗎？"

那店家笑着答：

"心誠則靈。"

方偉力報以微笑，放下了錢後拿著寶牒離去。

他拿起一枝從家裡帶來的黑色箱頭筆，簡單寫下了幾個字。

〈希望能夠再遇到她〉

雖然祇有七個字，但已經令他斟酌了一個晚上。

這時候，許願樹下圍著一班善信，有大人和小孩子，父母寫下許願的說話後就交給小孩子拋，但小孩子的力度不夠往往拋到半空，連樹枝也碰不到就掉了下來。大部分人都要花上好幾次才能將許願寶牒拋到樹上。

而今次方偉力很幸運地一拋就拋到樹枝的主幹上。

他覺得自己很幸運，相信他的許願將會實現，從來不易對人歡笑的他，今天變得開朗起來，在乘巴士回程時還不停地逗坐在他身邊的小孩子玩笑。

記得在去年元宵節時，他請了三天假獨自飛了去台灣，再從台北市乘小火車到平溪，為的就是來這個小鎮參加放天燈的活動。 每年到了這個時侯原是平靜的小鎮變得熱鬧起來，原本己是窄窄的小街突然多上一群群信眾和看熱鬧的遊客，使到小街的路更狹窄。　而村內平日賣雜貨的店鋪今天賣的全都是一個個紙燈籠，方偉力跟隨着一群來參加放天燈祈福的遊客。

　　“對不起，　我是第一次來參加的，請問如何開始？”

方偉力紅着臉問一班站在他前行講廣東話的女孩子，一個大概十六歲臉上長着青春豆的女孩搖頭答：

　　“抱歉我都是第一次到這裡放天燈的，　sorry 未能幫到你。”

　　但另一個短髮的少女可能以前曾經參加過這活動聽到她朋友的回話後轉身對方偉力說：

　　“很簡單的，　你到這裡任何一間店先買一個紙燈籠然後將你想求的願望寫在燈籠上就可以了。”

　　方偉力尷尬的說：

“我隨身沒有帶那種箱頭筆？”

　　那剪短髮的少女聽到後笑起來，說：

　　“那裡會有人自已帶筆來的，　你問店員他們會借給你。”

　　他道謝後就跑進一間小店舖裡，他在小店內買了一個白色的燈籠然後拿起放在櫃臺上的箱頭筆將自己想許的願望寫在燈籠上。

當晚，夜空晴朗，大家在主持人一聲令下，將手中拿着燃點了火的天燈齊齊放手讓它隨風升到天上，一煞間從地面飄升起了一個個燃亮着燭光的天燈，看着它們慢慢升高，燈籠的體積開始逐漸變小，最後大家看到它們溶入了天際化成群星的一部份。方偉力一直合十祈福，一直緊盯着他的天燈冉冉升起，但是突然上空吹起一陣強風，幾個天燈碰在一起，方偉力的天燈內的蠟燭可能放得不穩，一碰之下竟然倒下並燃燒着天燈的紙，眼望載着他許願的天燈在半空裡燒起來，他失落的心情如天燈墜地，使他黯然離去。

———————

事件發生在去年九月中，在中環一間做外貿的寫字樓裡，一班小休的員工正聚在茶水間，天南地北，但話題還是離不開閒言閒語。
今次的話題主人正是方偉力。
「他雖然不算是英俊，但高挑的身材和溫文的說話，為什麼近四十歲還沒有女朋友？」
一個大媽型的女人首先撩起話題來。
但一個長得平庸的女同事立即回應說：
「他那有四十歲？大概 37，38 歲左右。」

另外有兩個年輕好奇的問：

「莫非他是個喜歡男生的人！」之後哈哈地笑。

娘娘腔的積遜立即答：

「以我的經驗，他並非是我們的同志。」

大家聽到後追著問：

「你又知？」

積遜含羞的答：

「我曾經試圖向他接近，但他對我並沒有好感。」

哈哈，大家隨即笑了起來，但當他們看到公司的王經理來到茶水間，立即停止話題，有部份人還打算走回自己的工作單位。

「各位，我進來的時候剛聽到你們談論小方的感情問題，大家知道嗎？他的家人亦為此而心急。哈哈，我在他的年齡時已經是一對孩子的父親了，所以今天我進來是想同各位未婚的女同事玩一個遊戲。！」

大家聽到後急著問：

「是什麼遊戲？」

王經理神神秘秘地說：

「一個神秘的遊戲！」

說完之後從口袋裡掏出一張咭，看清楚原來是一張五星酒店的門咭，大家不明的問，而王經理微笑著說：

"以前我曾經安排過你們與他約會，但總是被他拒絕，我明白他害羞的性格。下星期是他的生日，我想給他一個神秘又驚喜的禮物給他。"

說完之後他的手指指著那班女生，說：

"就是你們。．．．其中一個。"

那班女生聽到後紅著臉低下頭來。

大媽笑著說：

"幸好我已經結了婚，機會還是留給妳們這班小姑娘罷。"

積遜好奇的問：

"這是個什麼遊戲，我可以參加嗎？"

王經理儼然地答：

"你也知道他是個不喜歡男同性戀的人。"

大家聽到後齊聲笑起來。

王經理再也沒有理會他，繼續說：

"遊戲是這樣的，我會將這張咭放在一處隱密的地方，誰人有興趣就去拿走這張咭，到了小方生日的時候去那間酒店做他的神秘禮物。"

"嗚，這一定是很刺激又浪漫。"

大家聽到後不其然地叫起來。

"但方偉力這樣害羞他會不會出現呢？"

王經理用肯定的語氣答：

　　"我已經與他溝通過，他亦同意，你們知道嗎？這個神秘的過程是，女方在陰暗的房間內等候小方來到。"

　　積遜大膽的說：

　　"噢！孤男寡女單獨相處，不怕小方乘勢偷襲嗎？"

　　大媽看不過眼冲著他說：

　　"方主任並不像你那麼禽獸，如果他是這樣的人，今天還會是獨身嗎？"

　　其他的女同事亦表示讚同她的說法。

　　"如果方主任不喜歡的話，那就尷尬死。"

　　王經理笑着答：

　　"這位靚女，妳沒有留意到我叫這個約會是神秘約會，既然是神秘就是方主任並不知道應約的是那一位，為了減輕大家的尷尬，那個晚上，房間裡是不會亮燈的，大家一起在黑暗中祇可以對話，不能接觸，如果經過了解對方後發覺對方不適合自已時可以離去，不過如果大家都喜歡的話而想有進一步的發展時可以日後相約見面。所以當見面時不用告訴方主任妳的名字和工作單位，大家明白嗎?。"

　　大媽見大家都認同，於是繼續說：

"王經理的想法很好，兩人在漆黑的房間內，互相看不到對方，可以減少大家尷尬的場面，又可以互相了解。"

說話一完，幾個女生就拍起掌來。

王經理再沒有說話，帶著微笑將那張酒店卡放在茶水間的轉角的木架裡。

這個地方是每個人上廁所時都要經過，由於地處轉角，任何人經過時隨手都可以拿走，那就不會讓別人看到了。

開始的第一天，每個人行過都好奇地打開那個潘都拉盒子，看看那酒店門卡還在不在。

但是到了第二天，積遜如美國農民初發現自己的田莊下有石油般的驚叫。

"天呀！誰拿走了那張咭。"

大媽聽到後亦好奇的走過來打開盒子看，之後說：

"有什麼好奇呢？你都知道這是神秘禮物，當然祇有是她自己本人知道。"

說完之後，她如警署派來的警員一樣，用偵測的眼睛掃望著每一個女孩子。

她看到一個紅著臉，戴著眼鏡的小女生，問：

"是妳嗎？我知道一定是妳，大家看看她的臉，紅如含春的花朵，我猜一定是她拿走的。"

　　大媽的說話和咄咄逼人的姿態，嚇得那個女同事差點哭 出來。

　　"我…沒有，真的沒有。"

之後望著地下說：

　　"請大家相信我。"

　　大家見到她可憐兮兮的樣子，忍不住點頭說：

　　"我相信她，以她剛剛畢業就到這公司來的二十歲小姑娘怎麼會喜歡一個比她大近二十年的男人呢？"

　　大家聽到後亦表示同意。

　　從那天開始，誰拿走那張酒店房間卡成為了大家在茶水間的話題。

第二輯

九月份正值是香港的颱風季節，特別是在風暴前的日子，低氣壓令人喘不過氣來，路上的行人總是顯得懶洋洋。

但方偉力毫不因為惡劣的天氣而影響到他興奮的心情，他聽從王經理的指導，在酒店內的花店裡買了一束玫瑰花，他靦腆的表情如一個初初與女生約會的男孩子一樣，低着頭將手上的花藏在背後，跟隨著其他人進入酒店的電梯內。

每登上一層樓，電梯都响起一陣鈴聲，代表著己經到達了客人想要到達的樓層，而每一陣鈴聲都令方偉力的心跳躍。

今天方偉力要去的是酒店最高的一層，當電梯門張開時，他猶豫要不要走出去。

最後他深呼吸一下就步出電梯，向著寫上房間號碼的房間走去。

當踏出電梯時，他感覺到拿著玫瑰花的手開始有些微震。王經理替他訂的房間雖然是在電梯門附近，但方偉力感覺到很遙遠。

他緊張地嘗試將咭插入門咭處，但試了幾次，門咭入口的燈仍然是亮著紅色。他懷疑自己是否去錯了另一間房間裡，於是拿起手機再次查看王經理傳給他的房門號碼，證實沒有錯誤，於是拿起門咭再次查看是否這張咭有問題，最後才發現自己插入門咭時將咭放錯了方向。

"卡"一聲，門咭處的綠色燈即時亮起來，他輕輕的把門鎖按下，門隨之被打開。

房間內漆黑一片，窗外的玻璃門被厚厚的防曬布簾蓋上。正當他想伸手到牆角把燈亮起時，一把平實的女性聲音嚮起，說：

"不要亮燈。"

這時他記起，這個是一個神秘的約會，大家有如來參加化粧舞會的嘉賓一樣戴著面具互相看不到對方。

憑著走廊的陰暗燈光，他找到一張在房門附近的一張椅子，走廊的燈光隨著慢慢掩上的門而逐漸失去。

他開始感到不安，腦袋盡量將公司內所有女員工的聲音來分析，想把這聲音的人找出來，因為那聲音很特別，還有一點陌生，正當他還在想時，對方說：

"坐下來吧！"一種如命令式的語氣令他更感不安。

「方先生，你平日喜歡什麼？我指的是在工餘時間裡。」

方偉力感覺到好像是來應徵工作的問話方式一樣，但對方的語氣令他不敢拒絕回答。說：

「我平常的時間放工後立即會回家，經過超市時買一些烹調好的食物作晚餐，或是簡單的做一個即食麵。」

對方發出一陣輕笑聲，說：

「那麼你也懂得煮食？」

她的笑聲令方偉力放鬆下來，答：

「這個談不上懂得，祇懂得弄一些簡單的餸菜而已，但大部分時間我都是吃即食麵。」

對方又問：

「公司內我們都知道你還未有女朋友，那麼在周末假期時有什麼娛樂？」

方偉力想了一下然後搖頭，但記起房間內是黑暗的，對方一定看不到他的動作於是立即答：

「沒有什麼娛樂，如果碰到一些好看的電影時才會到戲院看，但大部分時間都是看書，打遊戲機。」

對方問：

「你喜歡看那類型的電影或書籍？」

方偉力想想，答：

「沒有什麼指定的電影或書籍，但關於太空的我都感興趣。」

「對於浪漫主義的故事我猜想你一定沒有興趣的，對嗎？」

「是。」

一陣輕笑，說：

「怪不得你現在還沒有女朋友！」

方偉力尷尬地答：

「這個可能是的。」

對方又問：

「那麼你心目中的女朋友或是太太會是什麼模樣？跟你一樣喜歡看< 星球大戰 >。」

方偉力立即回應，說：

「不，我並沒有要求她與我有同一樣的嗜好。其實我的要求很簡單的，一個懂得烹飪的人，使我回家時可以不要再為吃什麼而煩惱就可以了。」

對方問：

「不如你乾脆找一個菲傭回來吧！」

方偉力回應說：

「這個又不能相題並論的。」

對方問：

「那麼你覺得你將來的太太除了懂得烹煮外，樣貌和性格又如何？」

方偉力想了一會兒，答：

「樣子我並沒有什麼要求，五官端正，性格和順就可以。」

他停下來，一刻再說：

「我覺得婚姻是一生一世的承諾，不能接受現代人那種合不來即離婚的態度。」

一陣拍手，方偉力感覺到對方的肯定。

「方先生，今天很開心能夠和你暢談，希望下次我們可以見面。」

黑暗中，方偉力感到有一隻暖暖柔滑的手捉著他。

「今天是一個神秘的約會，希望大家能保持這個神秘的感覺，現在我會先走，請你在五分鐘後才離開這間房，可以嗎？」

「可以。」

黑暗中她熟練地走到正門，拿起方偉力送給她的玫瑰花，沒有道謝，也沒有一句再見就溜了出去。

方偉力從走廊陰暗的燈光隱約看到一個穿著黑色長裙配襯着黑色皮鞋的女人，高挑的背影走出門口。

令他難忘的就是當她經過時，身上飄著一種香味，這種不會是普通香味的香水，淡淡的茉莉花隱藏著一種如薰衣草的味道，很特別。

　　滴滴答答的雨聲敲擊著外牆，隔著厚厚的防曬簾在房間內的方偉力也聽到，颱風快到了。方偉力打開手機看看，應該是過了五分鐘，於是他摸黑將房間內的燈光亮起來，他看到一張舖了白色床單的雙人床，房間是簡單而又精緻的裝飾，他剛才坐的椅子旁邊還有一個小茶几。方偉力走近窗邊將防曬簾慢慢拉開。窗外白濛濛一片，不定向的風吹得雨點不規則地灑在地上。

　　他望著酒店的進口觀察著每一個走出來的人，特別是單身的女人，希望能夠找出那個神秘赴約的人，但很令他失望，每個離開酒店的人大部分都是男性，而女仕都是有人相伴隨的。

　　方偉力並沒有打算離開，他坐在近窗邊的小沙發上思考，這張仍留著她身上發出香氣的沙發，可能是那神秘女子剛才坐過的地方。

　　"咯咯"

　　一陣敲門聲令他回個神來，問：

　　"誰？"

　　"Room Service。"（客房服務）

　　方偉力好奇地開門，看到一個性感的年輕女子媚視看著他，他紅著臉說：

　　"小姐，妳是否弄錯房號＇我沒有要什麼服務？"

　　塗上櫻桃口紅的咀輕聲細語地說：

"你是方先生嗎？"

見到他點頭，眼睛露出誘惑的眼神望著他，說：

"嘻，付款人已經替你付了服務費，相信我是可以給予你超爽服務的伴侶。"

之後強行進入房間內。

方偉力心中暗罵那個王經理，竟然這樣玩弄他。

那個妓女進入房後，隨即解開身上的衣服，露出一套性感的內衣，身材苗條令從來沒有見過如此女性暴露的方偉力立即尷尬起來。

他猶豫了一下就轉身離開房間衝向電梯去。

房間外的地上仍留有幾片玫瑰花瓣，他相信一定是那個神秘女郎匆忙離開時不小心撞跌出來的。

風越來越大，路上的行人亦漸漸減小。方偉力帶著一顆疑惑的心走到地鐵站。

平日堆滿人的地鐵站內祇有聊聊幾個急著回家的人。地面的雨沒有減弱，幸好他的住所在地鐵的建築物上，所以不用步出馬路就能回家了。

————

　　方偉力未進入公司寫字樓前在門外已經聽到公司內各人談論他昨天的事。

　　看到他進來，大家立即改變話題討論颱風的事。

　　“以為今天可以不用上班，真討厭，這個颱風竟然改變路線，害我約了的雀局亦要取消。”

　　“唉！我還慘，昨晚我一邊看電視劇一邊留意著颱風的動態，誰知道到了十二點一刻時天文臺才通知颱風改變原來的路線，迫使我立即跳上床睡，所以，呵！呵！現在還想再睡。”

　　大家你一言我一語，但最後積遜還是忍不住，他靜靜的走向方偉力的坐位，細聲問：

　　“昨晚有沒有結果。”

　　方偉力假裝不明的問：

　　“什麼結果？”

　　積遜拍打了他的肩膀，說：

　　“討厭，大家都想知道你昨天有沒有去赴約？”

　　方偉力點頭，但背後又出現另一把聲音：

　　“那個赴約的人究竟是誰？是我們的部門還是其他部門的女同事？”

　　大家見到方偉力疑惑的表情，更加深他們的好奇心。

　　方偉力並沒有回答他們的問題，只是站起來走離自己的工作格，走到女同事的背後開始嗅，這個冷不提防的舉動嚇得她們急忙的跳起來。

　　一向保守的大媽走過來問：

　　"方先生，你太過份了，我們可以告你性騷擾的。"

　　方偉力回過神來亦覺得自己不妥，連忙向她們道歉：

　　"對不起，昨晚由於沒有亮燈所以我看不到對方，但她身上噴的香水味我是忘記不了的。"

　　大媽繼續問：

　　"是什麼味道？"

　　方偉力低頭想想，答：

　　"淡淡的香味，好像是..茉莉花。"

　　大媽聽到後拿起站在她身邊莎莉的手，強放到方偉力的鼻尖上，說：

　　"一定是她，因為公司內只有莎莉喜歡用茉莉花味的香水。"

　　這舉動太突然，嚇得莎莉立即收回被拿着的手。

　　當各人以為找到了神秘人時，卻見到方偉力失望的搖頭，說：

　　"不是這種茉莉花的香味，裡面好像還有...些如薰衣草的味道。"

　　這時候，王經理亦回來，大家不敢繼續說下去，立即跑回去自己的工作格內。

　　王經理看到呆立的方偉力就叫他進入他的房間內。

　　"小方，昨晚如何？"

　　方偉力，答：

　　"還可以。"

　　"那麼有沒有任何進一步的發展。"

　　方偉力連忙答：

　　"我們昨晚祇有談談個人的喜好和對於婚姻關係的看法，並沒有什麼發展。"

　　王經理好奇地問：

　　"那麼你知不知道她是誰嗎？"

　　方偉力祇是搖頭，說：

　　"房間裡太黑，我看不到她的臉。"

　　"那麼你再一次見到她時會認出她嗎？"

　　"我記得她身上的香水味。"

　　王經理聽到後一笑，而當方偉力轉身想離開時，王經理叫停他，說：

　　"小方，你還想不想到外地工作？"

　　他猶疑不決的樣子令王經理繼續問：

　　"我記得你初來應徵的時候曾說過知道我們是一間跨國企業，希望有機會可以到公司旗下的外國公司上班。是嗎？"

方偉力點頭說：

"對，不過我暫時沒有這個想法。"

"偉力，公司在美國總部想我們派一個員工過去，我覺得你是最佳的人選，因為你還是單身，沒有家庭掛慮。而且我記得， 對⋯⋯ 等等。"

經理隨手翻查放在枱面上方偉的個人檔案。"對，你在入職時曾經填寫過喜歡在我們這個跨國公司工作，特別是希望有機會去美國總公司實習。"

偉力立即答：

"這 是 十 年 前 我 剛 畢 業 時 填 的 。 "

經理說：

"對，在這十年裡我們觀察到你的工作表現得很好，所以才揀選了你去。這個真是一個難能可貴的機會，恭喜你。"

經理見他面有難色，問：

"偉力，還有什麼問題？"

方偉力想了一想說：

"我可不可以不去美國。"

經理問：

"我知道你的父母已經不在，只是有一個住在離島的姐姐，但我知你們都是疏於聯絡。"方偉力搶着答：

「我們雖然是少見面，但仍然有在微信裡聯絡。」

經理笑着問：

「是否你捨不得你的女朋友？」

方偉力紅着臉答：

「沒有，我還未有女朋友。」

經理繼續問：

「其實公司內有很多高質素的未婚女同事，據說她們都很喜歡你。哈哈，記得嗎？去年我們送給你的生日神秘禮物，她們都很樂意參加，錯，應該是很積極參加。」

方偉力想了一會再問：

「我可不可以留在這裡，不去美國？」

經理現出一個難為的表情，說：

「這是總公司的決定，我也沒辦法，偉力，你想想如果去美國兩年之後回來，可能我變成了你的下屬，這個機會真是很難得的。」

方偉力考慮了半分鐘，問：

「我有一個問題，首先王經理我並非是妄自菲薄，而是覺得做得比我好的同事大有人在，但為何會選我？」

王經理猶豫片刻後答：

　　"記得嗎？在一年前，美國總公司大老板梅先生帶了一班高層人員從紐約來到香港考

　　察，約見過不同部門的主管及咨詢各人的意見之後，在離開前，香港公司特別為他們開了一個歡送晚宴，我記得那晚你也出席。而晚宴是採用美國的雞尾酒形式，我發覺那晚梅老板特別喜歡與你談話，對嗎？"

　　方偉力點頭，答：

　　"對，他除了問公事外還問上我的私人問題。"

　　王經理好奇的問：

　　"他問了什麼？"

　　方偉力沒有回答，王經理笑着說：

　　"唉！難怪到了今天你仍然是單身寡人一個，怎樣呀？你對女性沒有興趣，哈，你搖頭是什麼意思，大哥，既然你對女性是有興趣的話就要主動去出擊，難道你想孤身過一世嗎？"

　　方偉力笑着答：

　　"王經理，我明白你意思。我相信當屬於我的姻緣來到時我的女神就自然會出現，不必強求。"

　　王經理不服的說：

　　"即使有一個很好的出現在你面前你也不會主動去追求。是嗎？"

　　方偉力笑着答：

　　"所以我最討厭去那些相親約會或去酒吧，教堂等地方去找。"

　　王經理拍一拍自己的頭説：

　　"噢！我的天，你這種佛系的人真是，真是唉！沒有你辦法。"

　　方偉力避開去回答，將話題轉過去："是否真的是去兩年？"

　　方偉力見經理實實在在的點頭，他就答應。

　　在回家路上，他一直回想那次神秘的生日約會。回到家，他將超市買回來的菜做了一餐簡單的晚飯。睡前，他打開電腦搜查有關紐約總公司的資料，原來在幾年間公司已經增多了幾個分公司分報在不同的洲裡，而最新的是在德洲南部。

第三輯

為了去尋找那個神秘約會的人他不斷地嘗試，例如去林村許願樹許願，更有甚者竟然還在公司員工通訊網上登錄了：

<尋人：上次在酒店約會的朋友可否出來與方偉力一聚。>

看到這段登錄，大家都很吃驚，因為在他們對方偉力的認知，他是一個含羞內向的人，不會如此高調，與他平日的性格截然不同。

"他今次是認真的。"

"不，我猜一定是別人替他登錄的，唔，我猜可能是她的姐姐，因為方主任曾經說過自從父母死後，他姐姐很急於想他早日結婚。"

"我一半同意他的說法，因為如果是方主任自己登的話，他會說<可否出來與我一聚，方偉力>。不會寫成這樣的，但肯定這個人不會是他的姐姐。"

大家你一言我一語爭相討論，但當事人卻沒有回應他們的疑問。

———————

　　方偉力以為今年能夠順利地將許願牒掛在許願樹上，這個希望增強了他的信心，滿以為在今年內能夠順利找到她，誰知道公司竟然在這段時間要派遣他出國，真令他失望。而最令他失望的是公司沒有派他到紐約的總公司，而是派他去德州小鎮的一間分店去。

　　初初來到這個小鎮時他覺得很失望，整個鎮住的居民比香港一個小島還要小，這裡祇有一所中型超市和幾間墨西哥餐廳。公司是一間小小的辦事處，而在那裡工作的員工除了他外只有幾名職員。一個是從台灣來的電腦生小馬，一個叫路易的土長 ABC（美國出生的中國人）再加幾名美國職員。

　　今天他才了解自己原來是一個喜歡靜但又怕寂寞的人。 開始時方偉力很不習慣這裡的靜，這裡寧靜得很可怕，不似香港，因為在香港無論在任何時候街道上都會有汽車聲及鄰居的打麻將聲，但是在這裡靜到連自己心跳聲也聽到。

　　路易父母雖然是中國人，但他的中文不是那麼流利，性格更是香港人叫的〈洋人性格〉，雖然大家的年齡相近，但香港人的世故跟路易的西方思想總覺得方偉力比他較為成熟。

一天，方偉力收到總公司寄來的 Email 電郵。
<你現住的柏文將會在本月底到期，公司不打算再續約，去找路易他會安排你的新住處。伊玲>。
方偉力收到後立即轉傳發給路易。路易看到後也猜不透是什麼回事，於是立即打電話問紐約的伊玲，站在一旁的方偉力祇聽到路易在電話裡不停的說：

"我的天呀？為什麼？這樣對我太不公平了，OK，是妳說的，不要反悔。"

掛上電話後，他望了方偉力一眼說：

"這個星期六我們就要搬遷了。"

方偉力不明的問：

"什麼？我們？"

路易微笑的指着他和自己說：

"對，是你和我。"

之後沒有再說一句話就走回自己的工作室。方偉力祇有無言地走回自己的工作室繼續完成那些未完成的工作。

星期六的天氣並不好，整個上午都是下着毛毛細雨，他很隨意的將香港帶來的衣物從衣櫃放回行李箱內，然後步行到正門等候路易的車。一部小小的黑色本田思域裡滿載着路易的衣服和一箱箱不明的東西，這些物品差不多填滿了後座位，方偉力唯有抱着自己的行李箱坐在駕駛座旁的座位裡。路易看起來心情還不錯，他開着車的音響，一邊駕車一邊唱歌。不多久，汽車駛入一個環境幽美而大門有電閘的小型社區裡。路易按下電閘密碼後，大閘門自動張開。而他們住的屋正在邊角處，所以路易很容易就找到。他駛近房屋車道時按下手上車房的遙控，車房門自動升起。汽車緩慢的駛進入車房內，路易將車停好後説：

　　“幸好有車房，外面下再大的雨也不怕，唏！偉力你就住二樓的主人房，”

　　方偉力聽到後感到不好意思，説：

　　“什麼房間我都可以，你不必太禮讓。”
路易答：

　　“不是我禮讓，而這是他們的意思。”

　　既然如此方偉力唯有拿着他的行李箱抬上二樓，爬過一條窄樓梯（為什麼用爬來形容，因為方偉力為了方便，他將全部家當都放入這個大行李箱內，當搬上窄窄的樓梯時，他要一手拿着行李箱，另一隻手半爬半推的搬上二樓。上到二樓時他已經一身都是濕汗，不過他的汗水沒有白流。因為樓上除了房間外還有一個小廳，這樣妨如他和路易各佔用一個單位。而另一個驚喜莫如他推開房門時見到裡面除了放有一張大床外，書枱，電腦桌等都一一具備。他放下那個大行李箱在地上後走近窗邊將緊閉的窗簾拉開。

"噢！我的天呀？"

方偉力驚訝的表情使他不相信自己的眼睛。當他打開窗簾時除了有稀薄的陽光進來外，進入他眼睛的是一個美麗的人工湖，一個完全是屬於私人住戶的湖。對岸的房子在煙雨迷濛的環境下仿如仙境傳說中的大屋。他懶去理會路易，匆匆的走出後院推開圍着鐵枝的閘，站在湖邊的木頭上，湖風夾雜着細雨，弄得他全身都濕透。他忘形的不停地叫：

"我的天啊，我的天啊。噢！這裡真是很美。噢！太美麗了。"

這是他來了美國第二個月最愉快的一天，晚上，他望着夜幕的湖，聽香港帶來的音樂聲帶。

當晚的靜跟平日晚上的靜完全不一樣，因為今晚窗外除了有湖風吹入外，而且還有輕輕的湖水泊岸聲，使人感覺到仿如一個母親拿着紙扇一邊替兒子搧扇一邊在哼歌，方偉力那一晚睡得很酣。第二天回到公司，桌上的電腦又有一個新電郵。

<昨晚睡得好嗎？>

他立即回覆：

<非常好，多謝妳的安排>

　　到了周末，他與路易來到一間賣體育用品的專門店，揀了一隻單人獨木舟，雖然這是全店裡最細的一隻艇，但是如何都不能放進入路易的小車內。幸好體育店的店員從店裡拿出一扎蔴繩將艇牢牢地紮在車頂上，為確保車頂上的艇不會在車行駛途中滑下，方偉力舉起他的手抓緊着艇邊。

　　二十分鐘的車程，路易小心翼翼地駕駛。到了家時，方偉力的右手幾乎全麻了。但他沒有理會，隨即與路易合力將縛着的艇從車頂上解下來，然後抬到後院去。看見方偉力望着那小艇的樣子，好像是小孩子看待他的聖誕禮物一樣，手不停地撫摸。

　　路易問：

　　"怎麼樣？你預備今天下水。"

　　見到方偉力點頭，於是他將救生衣和船漿交給他。方偉力戰戰兢兢地將小艇放下湖邊之後準備坐下去，誰知道他的腳剛踏入小艇人就站不穩，小艇即時翻轉，人亦隨即噗通的跌了下水，站在岸邊的路易笑到伏在後院的草地上。　幸好方偉力穿上了救生衣，他努力的將艇推回岸邊，與路易合力將他縛回在木板上。

之後他明白到原來艇未縛好前是不能坐下去，於是他細心的做了一個勾結，在艇邊勾着一條粗的繩，縛在岸邊的鐵欄上，如此他就可以安穩地坐下。

到了第一次正式扒行時，他既興奮又緊張，因為始終這小艇又輕又窄使他不安，擔心再次墜入湖裡。不過慢慢他有了經驗拿捏到重心後，不管是晴天或是陰天，祇要不是起大風的日子，他都會下船遊玩。

自從可以在湖裡扒艇後，他再沒有那麼想念香港，但對於那個神秘女郎他仍是念念不忘。在這一年間，伊玲每天都給他一，二個電郵，除了部分是公事外，其他都是談談他的生活，和對美國工作的感受，轉瞬間差不多又快到兩年。

今晚方偉力收到香港王經理的電話：
"喂，小方，見到你在美國生活得如此寫意真是令人羨慕，你知嗎？你現在住的是老闆在德州的房子。"

方偉力聽到後有點兒受寵若驚的感覺，不過他沒有忘記兩年工作期的時限快到於是問：
"王經理，快到兩年了，我是否可以返回香港工作？"

王經理立即答：

"對，我正為此事才打電話來問你，小方，公司想你多留幾年在那裏，薪金會比現在多 20%，這個超好的條件我估你一定會答應的，是嗎？"

方偉力笑着回答：

"你估錯了，雖然這裡環境好，很適合我愛靜的性格，但我還是決定返回香港工作。"幾番勸諫之下，王經理還未能力阻方偉力回港的決心。

而在第二天伊玲送來的電郵問小方：

〈想了一個晚上，有沒有改變主意？〉

小方回覆：

〈多謝妳的問候，我想如果能夠返回香港工作會是我的一個正確選擇〉

伊玲：

〈希望你能改變主意，因為公司對你在美國的工作表現很滿意〉

小方不知道如何再説，祇答：

〈謝謝〉

隔了 5 分鐘伊玲再傳給他一個電郵

<請原諒我的好奇，我想知道什麼原因使你非回香港不可？>

　　小方想了一刻，知道如果不將心中的秘密說出，這個美國女人一定會不肯罷休的，於是他寫下：

　　〈我想返香港找一個人。〉

　　不及半秒，對方就回：

　　〈是否找你的神秘禮物？〉

　　這時他知道，那一年的事，不旦香港公司現在連美國總部也知道，他覺得很尷尬，幸好祇是在電郵，對方看不到他那丟人醜事的表情，祇回：

　　〈對。〉

　　又過了半分鐘，伊玲再傳：

　　〈祝你得嘗所願，能夠早日找到她。〉

　　小方禮貌的回：

　　〈謝謝。〉

　　到了離開美國前，方偉力早上還收到伊玲道別的祝福，之後，路易送他到機場。

　　而在另一個晚上一個從方偉力的電腦發出的電郵送到王經理香港的辦公室。

　　〈經理，我經過考慮後仍想留在美國，抱歉打亂你們香港的計劃。〉

　　照計這時候他應該是在香港，但令人奇怪的是日後的日子，他好像是人間蒸發一樣，沒有在公司出現，而其他公司員工 也沒有收到他任何的電郵或微訊。

　　一天在香港的分公司來了一個四十多歲的女人，她並沒有預約但王經理還是接見她。他有禮貌的問：

　　"這位太太請問我有什麼可以幫妳呢？"
那女人笑着答：

　　"我已經同我先生離了婚，所以你可以叫我方小姐，我是方偉力的姐姐。"

　　王經理帶着歉意説：

　　"啊，對不起，原來你是小方的姐姐，那麼請 問 方 小 姐 今 次 來 有 什 麼 事 ？ "
方小姐問：

　　"我只是想知道多一些我弟弟的情況，因為他應該是在上月回來香港的，但突然説公司要他多留在美國幾年，之後我再沒有收到他的微訊，想找他，電話卻沒有回音，所以才來打擾王經理。"

　　王經理安慰他説：

　　"你不用過於擔心，他在美國的生活過得很寫意，對，妳有沒有看過他的扒艇照片，噢，真是多麼令人羨慕。"

　　方　小　姐　愁　着　臉　説　：
"這個我才不放心，因為他是一個戀家的宅男，現在又扒艇，一點也不像他，所以我才會有此顧慮。"

　　王經理聽她説完，笑着答：

　　"哈哈，這個或者是個好現象，可能他在美國結識了一個金髮鬼妹，方小姐，妳太過憂慮了。"

　　方小姐見問不到什麼頭緒只好説：

　　"王經理，麻煩你如果再與偉力通話時請吩咐他打電話給我，我很掛念他。謝謝，再見。"

　　待她走後，王經理立即發了一封電郵去德州的公司打聽方偉力的事，誰知道在第二天收到的覆電是。

　　〈方偉力完成了在這裡工作兩年的合約後已經返回香港。〉

　　這個驚奇的發現使王經理甚為不安，他心有不釋繼續打電話到紐約的總公司，但是收到的答案仍是一樣。

　　"噢，我的天呀？究竟發生什麼事？"

　　他覺得很自疚，因為是他出力慫恿方偉力去美國公司的，但是換來的是一個不明的失踪事件。他找了一個在出入境工作的同學查有關方偉力在那天是否回到香港，答案是他是在那一天晨早已進了香港。但奇怪的是他晚上卻改乘搭另一班機飛去墨西哥的 Cancun 市，一個屬於墨西哥在加勒比海的渡假勝地。

他忍不住打電話給美國的梅老闆，誰知道換來的是老闆叫他不要多管閒事。

"方偉力已是一個三十多歲的人，他來美國兩年的工作期已滿，而我們亦平安的送他返回香港表示我們的責任已經完成，對嗎？剩下的我們是管不到他。又或者他仍然想繼續留在美國玩，所以我們是沒有責任去追查他的行蹤。"

第四輯

在德州一個寧靜的湖邊社區，湖中心有一個男人休閒地扒着獨木舟，大概半小時左右，他開始覺得疲倦，熟練地將艇扒回自己的後園，縛好小艇後輕鬆跳上後園的木板。

身上佈滿分不清是汗水還是在扒艇時激起的湖水，使他進了入屋後立刻跑去浴室洗澡。

"很舒服。"

當他從浴室出來後不其然的叫出來。然後走到廚房從背後擁抱一個正在喝水的女人，她沒有推開他的手，反問對方：

"你想要啤酒還是蘋果汁？"

那個男的在她耳邊説：

"蘋果汁，多謝妳蜜糖兒。"

她於是放下手上的水杯，然後走到雪櫃拿出一枝膠裝的蘋果汁。

他接過後吻了她一下説：

"妳很捧，能夠分辨出蘋果汁和啤酒。"

她聽到後笑着答：

　　"偉力，你估我真是盲的嗎？雖然我的視力不佳，但矇糊中我還可以分辯到顏色，更何況啤酒是用錫罐裝的。"

　　"你永遠都是這麼捧的。"

　　男的笑着説。而女的反駁他：

　　"唏，方偉力初識你時，你是一個寡言寡語的人，為什麼現在變得這麼口甜舌滑。"

　　方偉力答：

　　"伊玲，全都是妳，因為認識了妳之後，我找到了一個真正明白我心意的人。"

伊玲如小鳥般倚在方偉力的身體輕聲地問：

　　"偉力，我們是什麼時候認識的？"

　　偉力答：

　　"在飛機上，我記得是從一班美國經臺灣轉飛香港的航機上，當時飛了十多小時我睏得快昏倒，而在台灣轉機時我是坐在窗邊，疲勞的旅程令我很快睡着，但突然聞到一陣香水味，張開眼睛時我看見四周都黑黑，使我以為又夢回到那個酒店的房間內，但是飛機的隆隆聲使我立刻醒過來，我知道這是真實的，看見妳坐在我座位旁看書，我肯定這種香味是從妳身上發出的，而那香水味我是永遠都記得的。"

伊玲捉着他的手説：

“哈，我還記得當我叫你方先生時，你那驚訝的表情真討厭。”

偉力説：

“當然啦！因為我發夢也想不到，我們竟然會在萬呎高空上相遇。”

之後吻了伊玲，伊玲説：

“我估我們的第一次見面應該是在酒店黑暗的房間。”

偉力答：

“是，如果沒有去酒店，我是沒有機會聞到妳身上的香水味。對，還有一個疑問，妳的弱視怎能夠在五分鐘內可以從酒店離去呢？”

伊玲笑着反問他：

“如果是你，你又會如何走呢？”

偉力摸摸頭，想了一刻説：

“我會跑樓梯，但妳…噢！我明白了，妳同時租了隔壁的房間，這樣妳就能夠很快地避開我的追踪，其實那天我祇要細心一點就知道，因為在妳匆忙離開時弄到玫瑰花瓣散落在地上，而那些花瓣祇是散落到隔壁的房門外。還有，你還找來了一個應召女郎到我房間裡。我現在明白了，你是刻意利用她來考驗我，對嗎？”

伊玲微笑着點頭，答：

“哈哈，為了找那個會令你心動的女郎我花了筆不小的錢。”

方偉力俏皮的問：

“如果我真的受不住她的誘惑？”

伊玲打了他一下，說：

“你敢！”

兩人嘻哈的笑起來，之後一邊共飲那枝蘋果汁，　一邊欣賞西下的太陽，太陽溫暖的光除照亮了天空的雲外，更照亮屋內的這對戀人。

————

晚上，伊玲被電話鈴聲吵醒：

對方問：

“伊玲，有沒有騷擾妳？”

“哥，是你嗎？怎樣？我還未睡，有什麼事？”

對方再問：

“那個姓方的對妳好嗎？”

“哥，你等一等，不要掛綫。”

伊玲見到方偉力睡得正酣，她拿着電話輕輕的離開房間，走到後院坐在木椅繼續與住在紐約的哥哥通話。

“哥，偉力對我很好你不用擔心。”

姓梅的大哥在電話嘆了一聲後説：

“伊玲，哥是最疼妳的，我不想再見到妳流淚，知道嗎？妳以前的兩段婚姻都是不歡而散，特別是上次那一個台灣丈夫險些把妳弄成了盲人。”

伊玲聽到後立即對她哥哥説：

“哥，求求你，請不要再提那些舊事好嗎？”

梅哥哥知道説多了，立即改變話題問：

“那麼方偉力和妳打算幾時才上班。”

伊玲笑了一聲説：

“我不是沒有告訴過你，我打算與偉力在美國玩一段時間後才回來上班。”

哥再問：

“那麼妳們有沒有結婚的念頭？”

伊玲靜了一會答：

“老實説，偉力多次向我求婚但經歷過的痛我還未完全康復，所以暫時我還未有再婚的念頭。”

與哥哥話別後，她思前想後，前塵往事一一從記憶中回來。

長有一對修長鳳眼的伊玲不笑的時候給人一種冷艷的感覺，雖然到了三十歲，外貌看起來還算是年輕，但在感情路上她已經經歷過兩段婚姻。 記得她第一次結婚時是嫁給一個脾氣暴躁的韓國商人，這個韓國商人所售的貨物正是目前韓國最流行的品牌， 他為了想開拓美國的市場而需要找一間美國代理公司， 而伊玲哥哥的公司為了拿到他在美國的總代理權而派了伊玲代為處理。在這個原因之下大家開始接觸多了，而從開始時由公事伙伴漸成為了朋友， 經哥哥從旁推動下大家變成戀人到最後終於到談婚論嫁的階段。雖然在生意上他們大家都是各有需要，但是這個大男人主義的南韓丈夫並沒有因此而刻意去迎合她，反而婚後動不動還會打伊玲，這個梅老闆的寶貝妹妹豈能受到這種氣，結果新婚不久後她就提出離婚。

　　這時方偉力發覺身邊的人不在床時於是從房間跑到後園， 見伊玲一個人呆坐在木椅上， 他立即除下晨褸替她披上，伊玲的心覺得很暖：

　　"謝謝你。"

　　偉力貼心的問：

　　"怎麼？ 妳又睡不着。"

　　見她點頭方偉力轉身進入廚房內拿了一枝紅酒出來說：

　　"來，陪我飲一杯。"

　　伊玲微笑地將他遞來的酒飲了一口，之後方偉力試圖打探出她不安的原因，不過伊玲祇是輕輕的答：

　　"沒有什麼，祇是想單獨坐坐，如果你累的話可以先去睡。"

　　其實方偉力早己習慣了她的獨坐，一口氣將自已手上的酒喝完後吻了伊玲的額，然後説聲晚安便跑回房間。

　　方偉力越是對她好，伊玲越是感到不安，這個不安使她聯想起第二任丈夫來，一個從台灣調來的部門小主管，自從知道伊玲是大老闆的妹妹後，立即展開強烈追求，虛寒問暖使到這個剛被丈夫喝打完的伊玲再感受到被寵的喜悅，初從被傷害逃出的伊玲受不住那台灣下屬的殷勤，於是立即接受了他。

　　一天伊玲偶爾在他的背包裡找到一張與另一個漂亮女孩子的親熱照片，問：

　　"她是誰？"

　　他很愕然，藏得這樣秘密的地方伊玲還會找到，有些後悔那天沒有徹底地把以前的所有燒毀，硬著頭皮坦白的說：

　　"是我以前的女同學。"

　　伊玲並不相信，問：

　　"女同學？同學關係會如此親熱嗎？"

他立即回答：

"我們都是自小在一起的，加上她又是我的鄰居。"

為怕伊玲繼續追問下去，祗有答：

"這都是我來美國前拍的照片，但自從認識了妳後，我發覺妳才是我的真命天子，真的，我再也沒有跟她聯絡。"

伊玲還是半信半疑，但已經結婚了，唯有選擇相信他，不過從其他員工的談話中知道那個人為了追求她，不惜與同居多年的女友分手，這個女朋友曾經為了幫助他在美國創業，向家人借來了一筆錢給他開店，可惜他經營不善最後還是逃不開關店的厄運。自此那女朋友還與家人的關係越弄越糟，她的父母因此而被氣得生病。

但他並不在乎，自從找到了新目的後他找了一堆藉口來和女朋友分手而全力去追求伊玲。

婚後，他從一個分店小部門主管立即變成全國的部門經理，一朝富貴後他的真臉孔開始展露出來，賭錢作樂之後還與一班狗肉朋友去飲酒。這些事情伊玲還可以忍受，但當知道丈夫在外還養了一個小三時伊玲立即跟他大吵一番。

　　這個小滑頭知道自已是不能失去伊玲的，所以總會説些甜言蜜語來博取伊玲的原諒，但是過不了幾天他又故態復萌再次令伊玲失望，使她的心更痛。

　　伊玲為了不想讓哥哥知道她在短短的日子裡再次結婚後，又打算離婚，最後還是決定不告訴他。

　　哥哥疼她伊玲是知道的，特別是如果暴燥的哥哥知道了她丈夫養小三後一定會是很憤怒的，所以唯有用不喜歡紐約寒冷天氣來做藉口獨自溜到南部的德州去，希望藉着與丈夫短暫分離來挽回快破碎的婚姻。可憐當她孤單一人時，心情反而變得更差，日夜都是以淚來洗臉，在哭時她不停的搓眼睛，慢慢她的眼角膜亦因此而弄傷了，之後眼睛的視力逐漸開始變弱，哥哥知道後當然將伊玲的丈夫從公司裡趕走。而經過一次又一次的感情打擊，使到伊玲失去對婚姻的幻想。

　　眼見妹妹日漸憔悴，梅老闆心內很是難過，這個妹妹是媽媽的心頭肉，在媽媽離逝前多番吩咐他要替伊玲找一個好歸宿。為了使妹妹忘記離婚的痛苦梅老闆到香港開會時亦順道帶伊玲一起去散心。

在他離開香港回到紐約前，對妹妹説：
"伊玲，今次哥哥在香港開會時遇到一個好的男人，一個放工後定必會歸家的人。"

伊玲立即答：

"哥，不要再花時間來安排，我現在沒有心情再談感情的事，更何況我的眼疾還未好。"

梅老闆説：

"唉！美國的醫生説妳哭泣時太大力搓眼球以至弄傷了眼角膜，而妳在當時沒有立即去醫治以至病情加劇嚴重，可能需要換另一對眼角膜。這個手術雖然是很普通，但在美國要找到一個眼膜捐贈者就不容易。"

伊玲嘆了一句：

"唉！都怪我自己有眼無珠，沒有好好的看清楚那個人就全程將感情投入，所以我今天變成瞎子是活該的。"

梅哥哥再説：

"伊玲，不要再怪自已，過去發生的事就如風過雲端一樣不要再去想，OK，伊玲我還是想妳去見見他，對不起，我意思是妳去與他會個面，大家認識一下，我覺得他不錯，而且我問過王經理，他對那個男人的評價很高。"

　　話雖如此，伊玲始終不願去見他，並説：
"哥，人家見到一個瞎了眼的去相親那會有興趣
呢？"

　　梅哥哥想了一會，突然想出了一個怪的主
意來：

　　"妹子，妳可能覺得我的主意很不着邊際，
很無聊。但我覺得這是最好的主意。"

　　之後他説出那個「神秘約會」的主意。
伊玲靜心想了一想覺得去玩玩也無妨，而最有利
的是這個約會全程都是在黑暗中舉行，對方完全
不知道她是個眼疾患者，於是就答應了。

　　一陣涼風吹過，伊玲發覺原是披在肩膀的
晨褸褪到在地上，這時天亦快亮，而伊玲亦覺得
有點涼，於是走回房間去睡。

─────────

　　"早晨，我猜妳昨晚一定是很遲才去睡，對
嗎？"

　　方偉力見到她剛醒來，慢步走到床邊，握
着伊玲的手問。

　　伊玲對他微笑，問：

"現在是什麼時候，噢！真的嗎？ 我猜不到原來我睡到吃午飯的時候，對不起。"

方偉力笑着答：

"無所謂，反正我在妳還在發夢時己去了扒艇，不過，日日如此我真是覺得很悶，妳可不可以問妳哥哥，我什麼時候可以上班。"

伊玲沒有回應，在午飯後她對方偉力說:

"我今天想去騎馬， 你可不可以載我去牧場？"

方偉力亦想去牧場於是立即答應她。

在市郊西北部梅老闆的牧場雖然不大但卻養了幾匹馬， 而其中一匹阿拉伯種的馬是梅老闆送給妹妹伊玲的生日禮物， 由於牠灰白的身上長有些班點所以大家都叫牠<雪塵 Snow Dust >， 由於牠是一匹己經閹割的雄馬所以性格很温純。伊玲雖然是視弱但雪塵是一匹聽話的馬， 牠很乖巧地依從着鞍上人的指令祇會在圍欄內走， <雪塵>有一般阿拉伯種馬的特色， 修長的四肢和長長的鬃毛。 主人從不替牠修剪因為伊玲喜歡<雪塵>奔跑時隨風吹起的鬃毛一條條飛舞在她的臉頰上。

而方偉力對騎馬沒有興趣，如一個聽着候命的司機一樣無聊的獨自坐在車廂內聽音樂， 。

當她騎完後一個黑人的牧場工人走來拉着<雪塵>，問:

"伊玲小姐，今天妳想<雪塵>留在這裡的馬房還是想帶牠到農莊的大屋。"

伊玲想了一想，答:

"O。J。讓我帶她到大屋。"

O。J。說了一句 OK 後就將牽着馬的繩交能給站在一旁的方偉力，他拿過後就像馬伕一樣拖着雪塵離開牧場向着不遠處的大屋走去。

"偉力，雖然我看得不清楚但我相信今天的天空一定是很美麗的，對嗎？因為我隱約見到右手方向的太陽正開始下山"

方偉力抬頭望向她答:

"親愛的，妳猜對了，今天雖然天空上有些白雲但都被黃昏的陽光染得鮮紅一片。"

見到伊玲坐在馬鞍上笑着舉頭望向天空方偉力又笑起來。

走過一片柔軟的草地不到十分鐘他們來到大屋，方偉力將伊玲從馬鞍上扶下來，問:

"我們如何處理<雪塵>？"

伊玲答:

"明早在離開前我還想再騎一次，今晚仍然將牠縛在大屋後院的木椿上，如果不好好的將牠

縛好，　牠又會像上次一樣奔回自己在牧場的馬廐
去。”

　　當方偉力縛好<雪塵>後見到伊玲已進入了
大屋內，　三千多呎的房子因為只是梅老闆到德洲
度假時住的居所，　所以屋內除了一般的傢俬外並
沒有任何裝飾，　唯一算是裝飾的是在大廳裡掛了
一個長了角的鹿頭，　據伊玲說這是他哥哥在一次
打獵時獵獲的。

　　晚上他們坐在二樓的陽臺上，　郊野外附近
因為沒有其他民居的燈光照耀令他們見到廣闊的
天際佈滿了密麻麻的星。

　　“你知嗎？以前眼睛未變壞時我很喜歡坐在
這裡，　多年來的經驗告訴我今晚的天空一定是繁
星密佈的，　對嗎？”

　　坐在她旁邊的方偉力答：

　　“對，　今晚的天空如中午時看到的一樣美。”

　　伊玲說：

　　“自從眼睛轉壞後我祇來過這裡一次，　那個
晚上幸好 O。J。 的太太來陪我，　今次真是要多謝
你。”

　　方偉力拿起被伊玲握着的手放進唇邊吻了
她的手，　問：

　　“這裡和牧場的物業是否全都你哥哥的？”

　　伊玲答：

　　"對， 這全都是我哥哥的。 O。J。 夫婦祇是替我們打理牧場， 哈哈， 你知哥哥為什麼會買下這牧場嗎？ 開始時他祇是看中這間大屋， 但有一天 O。 J。 過來問他借錢， 原因是他賭錢連繳付給洲政府一共兩季的物業稅的錢也輸了， 所以如果今次再不付， 他們的牧場將會被洲政府充公拍賣， 而哥哥知道我喜歡騎馬於是用一個便宜又合理的價錢將 O。J。 的牧場買下。 為了不想 O。J。 夫婦離開他們多年的住所就讓他們繼續住在這裡， 條件是要他們常常來打理這大屋和<雪塵>。"

　　"噢！我看見流星， 嘩， 它拖着一條長尾巴。"

　　當方偉力驚叫完後立即感覺到不安， 因為他忘記了伊玲是看不到的， 看到她不歡的表情， 為了彌補他的魯莽他走近伊玲然後說：

　　"對不起， 我忘記了妳是看不見的， 這樣吧， 我捉着妳的手， 待我再次見到流星時我會緊握一下妳就可以開始許願好嗎？"

　　伊玲覺得他幼稚沒有回應他， 但方偉力不理會她的反應強握着她的手， 可惜坐了十分鐘他再看不到第二顆流星出現， 而在他打算鬆開伊玲的手時他見到天空突然出現一點移動着的光， 於是他大力地緊握依玲的手， 而伊玲立即垂下頭合什許願， 但站在她身邊的方偉力一絲兒高興也沒有，　原來那移動的光祇是一隻在空中飛行的飛機，不過他並沒有告訴伊玲，　因為方偉力不想破壞她喜悅的心情。

　　過了幾天方偉力收到公司人事部的電郵通知他下星期可以上班。離開這裡多個月，方偉力精神奕奕的和伊玲回到公司，他以前的工作崗位己由路易替上，而一間印上副總裁的房間己準備了給他，那裡除了有一間寬闊光亮的房間外，還有一個女秘書幫助他處理其他事情。路易見到他回來立即跑過來與他擁抱，而其他的員工都陸續來到跟他握手。

　　部分員工以前見過伊玲的亦來跟她打招呼，當路易經過時，伊玲一手捉住他問：
"剛才那個叫艾美的是否方先生的秘書，她樣子長得如何？"

　　路易知道大老闆妹妹的眼睛有毛病就回答：
"對，艾美將會是方先生的秘書，她以前是跟泰勒先生的。樣子，我可以告訴妳，哈哈，她不是我喜歡的那一種。"

　　伊玲打了他一下説：

　　"臭小子，我知你喜歡胸大，屁股大那一種，是嗎？"

　　路易笑着回答：

　　"全中，梅小姐真是厲害，其實艾美一向的工作表現都不錯，是泰勒先生的好助手，性格又平易近人，所以我想你們都會喜歡她的。"

　　伊玲沒有説什麼，祇是提醒路易早日搬走留在湖邊屋的物品。

　　這個時候一個女人行近伊玲身邊，伸出手想與她握手，

　　"妳好，梅小姐。"

　　但伊玲看不見，她微弱的視線祇見到是一個女人站在她前面。

　　她祇有答：

　　"妳好，對不起我視力有點問題，請容許我問妳是誰？"

　　那個女人尷尬地將手縮回來，答：

"沒有問題，我叫艾美，將會是方先生的秘書，很高興今天在這裡見到妳。"

　　伊玲問：

　　"聽妳的口音，我估妳是亞洲人，韓國或是台灣？"

　　艾美禮貌地回答：

　　"我是從中國大陸來的。"

　　伊玲又問：

"中國人，好，妳是廣東人還是北方人？"
艾美答：
"我是廣東人，在廣州出生。"
伊玲説：
"那就更好了，妳和方先生都是説廣東話
溝通上將會更方便。"
回到家，伊玲問方偉力：
"你覺得工作如何？"
偉力答：

"應該沒有什麼問題，祇是覺得責任大了，
沒有以前當過小主管時那樣輕鬆，幸好有一個好
幫手，我指是艾美，據説她幫了泰勒先生不小忙，
怎麼，看妳的樣子好像不大喜歡她。"
伊玲一副冷面答：
"我沒有説不喜歡她，只是我不喜歡她的香
水味道。"
方偉力不明，唯有回她一笑。
艾美果然是一個好助手，她替方偉力處理
的事情都辦得很妥善。而伊玲亦在梅老闆的安排
下，在公司裡謀得一個外務主管的位置，這是一
個空置的職位實際的工作並沒有什麼事要做，而
她的房間正面向方副總裁的房。雖然大家都知道

伊玲有眼疾 看不清任何發生的事件，但此舉令其
他同事都猜到她是在監管着方偉力和他的秘書，

　　這舉動不旦起不到作用，反而引起方偉力
感到的不安和不悅。任何時侯每當伊玲看到艾美
停留在方偉力的辦公室太久時，她總會找個藉口
入他的房，這個舉動使到艾美覺得很尷尬。

　　"伊玲，我們結婚吧，這樣我們可以有孩子，
那麼妳就不再會覺得悶。"

　　伊玲心中充滿矛盾，雖然內心想要的是有
自己孩子的家，但越是想要，又越是怕再次失去，
她脆弱的心靈已經不能再承受多一次的打擊。她
不言一語的走回房間，留下方偉力一個人在客廳。
他呆呆地在想，這時他手機的微博嚮起來，原來
是他的秘書艾美傳來問：

　　〈對不起這麼夜還打擾你，我剛剛才記起，
明天上午你約了中亞貿易的夏先生見面，但明天
上午是每周跟紐約總公司開視像會議的日子，我
猜想你沒有可能同時進行，所以我想知道你會否
和中亞貿易公司的約會改期？〉

方偉力問：

　　〈妳覺得改日期好還是改時間好？〉

艾美覆：

〈我覺得將由上午改為下午比較好，因為
第二天你還有很多事要處理。〉

方偉力答：

〈那就依妳的意見辦，謝謝妳〉

艾美覆：

〈不用謝，這是我的工作，而且今次是我
在安排上大意所弄成的，晚安。〉

偉力覆：

〈晚安〉

但一分鐘後，他發出一個微博給艾美：

〈究竟妳們女人想要什麼？〉

正準備睡覺的她，看不明，立即回：
〈對不起，方總裁我看不明，你是否傳錯？〉

停留了三分鐘，艾美的微博又嚮起：
〈對不起，我沒有傳錯，因為感情方面我是一個
初班生，妳們是女生想什麼我完全無法推測出

所以才打擾妳。〉

艾美立即回覆：

〈哈，見笑，我同樣亦是一個沒有經驗的
感情初班生，在讀書時曾經有過 Puppy Love 但長
大後對於這種虛無飄渺的事沒有什麼憧憬，不過
如果你想明白一點我們女人的心事時，我可以做

一次女性的叛徒，出賣一些女性的秘密給你參
考。〉

　　方偉力立即回報她三個哈哈笑的 Emoji（表
情符號。）

　　之後傳：

　　〈女人是否喜歡結婚？〉

　　艾美對於他上司的話不大明解，但鑑於自
己是下屬，唯有一一解答他的不明問題：

　　〈近代女性因為自己可以獨立，所以對於
結婚就不似我媽媽那時代的人那樣向往和期待。〉

　　方偉林仍然不明問：

　　〈妳們不是想有自己的孩子和家庭嗎？〉

　　艾美沒有回答祇送出一個無奈的表情符號。
最後方偉林傳一個晚安的符號。

　　但對方傳來一組數目字：

　　〈88〉

　　他猜不透，問是什麼意思。

　　艾美覆：

　　〈這是拜拜的音意。〉

　　方偉力自己亦笑起來，再回傳給艾美：

〈88〉

　　感情是由時間積累的，雖然你面對的是一
個面貌平凡的人，但相處時間久了，形成了一個
習慣，習慣了對方的外表和性情。最後習慣變成

為依賴。但時間亦可以冲淡很多東西， 包括感情和關係。

　　前者是形家方偉力對他的秘書艾美，而後者卻是指他和他的同居女友伊玲。 論樣貌，學識伊玲比艾美強得多，個子瘦小的艾美擁有平凡的外表， 一點吸引人的地方也沒有，但她温婉的談吐比伊玲那種高傲冷漠性格更令人喜歡親近。

　　每當方偉力在工作上有什麼難題時， 除了公事外還有些私人問題， 她都會巧妙地替他解決，所以漸漸艾美成了方偉力的依賴對象。而伊玲憑着女性的預感， 處處留意着他們。不過，方偉力盡量在公司裡祇是跟艾美談公事， 到了晚間， 才是他們通訊息的時候。

　　習慣早睡的伊玲留下方偉力在客廳看電視。〈今天伊玲又找我麻煩，一個不相干的客人他硬是要找你， 我敷衍了他兩句就打發他走， 誰知道被梅小姐見到， 就叫了我入房，罵了一頓。〉

　　艾美吐完肚裡內的冤氣， 方偉力立即問：〈是什麼時候， 為什麼我不知道？〉

　　艾美答：

　　〈算了罷， 又不是什麼大不了的事情。〉方偉力帶着歉意答：

〈我完全不知道發生這事情，艾美對不起，我代伊玲向妳道歉。〉

艾美覆：

〈不要太介懷，始終這件事都不是你的錯。方總，請恕我多事，其實為什麼你們還不結婚？〉

方偉力放下手機，不知道如何去答她。

一分鐘後，艾美傳來：

〈方總請饒恕我的八卦，早點休息吧，晚安，88〉

半小時後，艾美準備上床休息，突然她的微博有信號出現，她立即帶上放在床頭的眼鏡讀：

〈我並不是不想結婚，祇是伊玲好像還未放下她以前的過去，怕再次被人傷害。〉

艾美看完方偉林的微博後，覆：

〈那麼你的想法又如何？我相信你的誠意定必有一天能夠打動她的。〉

方偉林回了一個低着頭嘆惜的符號。艾美俏皮的送上一個加油的有趣圖片。

每晚微博的傳話已成了他們晚上的習慣，無論方偉力偶爾要出席公司的聚會或是去應酬，回到家後他定必會回她。

　　一晚當伊玲與他出席完一個宴會後，回到家他換過便服後就急着回艾美的微博，伊玲不明的問：

　　“是誰呀？你這樣緊急的要回。”

　　方偉力隨便説：

　　“沒有什麼大事，祇是一些客戶的問題。”

　　之後，急急送上一個再見符號就關機，在關機前，他懂慎地將與艾美的對話全刪除去。

第五輯

一天，方偉力收到紐約總公司的通知要他跑一趟去洛杉磯，回家後他對伊玲說：

"總公司要我去洛杉磯幾天。"

伊玲問：

"去多少天？"

方偉力答：

"去三天，星期三乘早上機，星期六下午回來。"

想了一刻，伊玲再問：

"只是你一個去？路易會否和你一起去？"

方偉力立即答：

"這些生意與路易的部門沒有關係，我祇是帶我的秘書去。"

伊玲聽到後變得緊張起來說：

"公司沒有其他人嗎？為什麼老是要艾美跟着你。"

方偉力有點氣，說：

“她是我的秘書，這種情況有她在場可以減少我的工作壓力，加上艾美以前是跟隨過泰勒先生，她比我更熟識這方面的工作，事無大小的事她都可以幫我應付，明白嗎？而且."

他停了一會再說：

“而且妳應該知道的是，如果妳不是梅老闆的妹妹，單憑我自己的努力我猜要花上起碼十年的時間才能夠坐上這位置。”

伊玲還是不服氣，到了第二天立即打電話到紐約。

“哥，公司除了偉力外沒有其他人可以去洛杉磯嗎？”

梅老闆笑着問：

“什麼，分開幾天妳都不捨得，伊玲，快點跟小方結婚那就不怕他去亂闖。”

伊玲嘆了一聲答：

“哥，我們真正結識還未到一年，我還想多觀察他一下。”

梅老闆説：

“妹，偉力今天的職位有部份同事仍是不滿，我想利用這次出差希望他能夠成功回來，這樣可以堵塞其他人的咀吧，所以我才叫艾美跟他一起去，因為她跟隨泰勒先生多年，我相信她的能力可以從旁幫到偉力的手。"

　　由於德州與加州有兩小時的時差，所以他們去到洛杉磯時太陽還未下山。方偉力先到機場的租車處取車然後向酒店的方向駛去。 通常從機場到酒店的車程在正常的環境下不到半小時應該是可以到達，但剛剛遇到下班時段，花上了一個多小時，他們才到達酒店。

　　在進晚餐時，方偉力對艾美説：

　　"幸好今天有妳的指導，否則現在可能還在高速公路上。"

　　艾美回答：

　　"方總，你説得太誇張了，我以前在 USC 南加洲大學讀書，所以對洛杉磯的街道十分熟識。那麼你以前有沒有到過這裡？"

　　方偉力搖頭答：

「我平常的日子都很悶的，加上伊玲的眼睛不佳，所以除了德州外，沒有去過其他地方，噢！還有紐約，那次是和伊玲去見她哥哥。」

艾美問：

「你見過大老闆，他人如何？」

方偉力答：

「見過，這也是第二次與他見面，記得第一次見他時是在香港的公司晚宴上，那一次我很緊張，想不到他是那樣平和，言談好像外國人一樣隨和。」

之後，他笑了一聲，繼續説：

「哈，估不到第二次見到他時比第一次見面還要緊張。」

艾美開始時不明，後來想想終於明白開始笑：

「噢，我明白了，這次是你和梅小姐一起去見家長。」

方偉力繼續説：

「幸好伊玲不停地和她哥哥談話，這才減小我的緊張。」

艾美呷了一口茶説：

「如果能夠與梅小姐成為家人就好了。」

方偉力沉思一下答：

"開始時，我亦有這種感覺，但之後發現有很多壓力，除了工作外，人事，親人，朋友都有。"

艾美不明的問：

"那會有？"

一時之間方偉力不知如何回答她，而剛巧他們叫的菜開始送上。

在回程時，艾美不厭其詳地再告訴方偉力星期四和星期五的開會行程。

"明天十點會與他們美國分公司和北京總公司的代表開會。"

方偉力想到一個問題立即停止艾美再説下去：

"等等，我想知道，明天開會時將會是用英文還是普通話？"

艾美笑着回答：

"當然是用普通話，人家的代表是從北京總公司來。"

方偉力一聽立即沮喪地説：

"普通話，真是考驗我，我除了説〈你好嗎？再見〉外，其他都不識，妳知嗎？我這種受英國教育長大的香港人，是完全沒有語言天才的。"

艾美聽到後笑得伏在餐桌上。

"OK，方總你不用怕，到時我會替你做翻譯員。"

之後她再將未完的議程向方偉力説：

"明天的會議是十分重要不容有失的，而星期五將會總結會議內容，所以星期五可能只花一個早上就完結。"

方偉力望着艾美説：

"希望全部能夠在明天順利完成，那麼星期五下午，你可以帶我到處遊覽這個城市。"

艾美笑着點頭，然後道別，各自返回房間去。伊玲從德州打來的電話又再次嚮起。

"喂！妳還未睡？對，我是剛和艾美吃完晚飯。妳知道嗎？明天的會議將會是全部用普通話，我的普通話真是不成，幸好今次公司派艾美跟隨來，有她做翻譯員我的心才安定下來。"伊玲沒有答什麼，冷冷的説："那就沒有問題，好了，早點休息吧，準備好明天的會議，晚安。"

———————

到了星期四，方偉力和艾美十點前已經到達會議現場，但是到座的只有幾人，對方分公司的代表走來道歉：

「很抱歉，我們總公司的代表從北京來的飛機昨晚很遲才到達美國，所以他們現在還在酒店裡休息，怕今早未能如期舉行，不過紀主任吩附我們可以先討論一些次要的問題，重要的事務就留待明天大家見面時再談，好嗎？」

在沒有選擇的情形下，他們唯有答應，這樣他們白白浪費了一個上午，吃過午餐後，方偉力提議將明天遊洛杉磯的計劃改變為今天，明天才專心去開會。

艾美問：

「這裡除了荷里活外，還有迪士尼樂園。我猜迪士尼樂園太小孩子不會適合你去，噢！對，去環球影城好嗎？那裡有很多拍戲的設備很有趣，我猜你一定會有興趣去參觀的。」

艾美懷着興奮的語氣說，但方偉林沉靜片刻後答：

「我想去迪士尼樂園。」

艾美聽到後險些笑出聲，但她沒有問，祇是依着方偉力的意思向迪士尼樂園駛去。

　　進入了樂園，艾美發覺方偉力變成了另一個人，平常嚴肅黑板的方總竟然主動的拖着她要與米老鼠拍照，而且每一個機動遊戲他都沒有放過，直到晚上還留着看燒煙火的節目。

　　回程時，方偉力還很興奮，但艾美卻現出一個不舒服的樣子，一手開車，一手按着胸口，這時方偉力想起原來他們只是中午時在樂園內吃了些炸薯條，而晚上他們還未吃晚飯，這時見到停在路邊有一部賣墨西哥**夾**餅的快餐車，於是就停下來，與艾美站在餐車旁吃。

　　"妳知嗎？"

　　方偉力一邊吃，一邊對艾美説："我幼年時一直都希望去一趟迪士尼，但那時家境貧窮，能夠上學已經很好了，亦都是窮的關係，我姐姐中學還未讀完就要做工，不久之後嫁人，那時候她還未到 20 歲。"

　　艾美問：

　　"現在你的經濟足以讓你去，但為什麼沒有去呢？"

　　方偉力想了一想答：

　　"你亦知道去這地方的多數都是父母帶着孩子去的，我單身一個去，咳，有點怪怪的，所以今天很多謝妳能陪我一起去。"

　　説完後舉起手上拿的罐裝汽水與 艾美碰杯。
之後兩人哈哈大笑。

　　回到酒店，發現留在酒店的手機裝滿了來
電 訊 息， 這 全 都 是 伊 玲 打 來 的 。
"對不起伊玲， 我今天忘記了帶手機， 怎麼？開會
的情形？噢！北京來的代表昨晚很遲才到達洛杉
磯所以今早祇是開了一個簡短的會議， 而明天待
他們休息完後才正式開會討論。"

　　伊玲急着問：

　　"沒有正式開會你們下午去了那裡弄到這麼
晚才回來？"

　　方偉力解釋：

　　"沒有什麼地方去， 祇是艾美帶我在市區內
行行， 噢， 原來她從前是在南加大讀書， 所以對
這裡很熟習。"

　　方偉力見對方沒有回應， 知道伊玲可能不
太高興於是改變話題繼續説：

　　"聽説丹佛的雪景很漂亮， 聖誕節我有假期，
讓我們計劃一下行程， 而我又可以在那邊與妳過
一個白色的聖誕節， 順道參觀妳當年讀書的大
學。"

　　他説完後換來的是一種泠冰冰的回應：
"到時再説， 晚了， 早點睡吧。"

　　他無奈的掛線，腦袋裡浮現出一種犯罪的感覺，他想不透為什麼沒有跟伊玲說今天是跟艾美去廸士尼樂園玩，這可能是他人生第一次說的謊話。

　　睡上床不夠一小時，他被拍門聲弄醒，方偉力帶着仍是沉睡的眼睛去開門，見到艾美辛苦的樣子站在他的房門前，問：

　　"艾美，發生了什麼事？我見妳的樣子很不舒服？"

　　艾美抱着肚答：

　　"我可能吃了那些墨西哥夾餅後不適，你可不可以車我去附近的醫院去。"

　　方偉力二話不說，回房間換上便服後立即車她到醫院。

　　經過一輪驗查後，證明艾美是吃了不潔食物後引起胃炎，打過針之後仍要留在醫院接受進一步治療。

　　方偉力獨自離開醫院時，天色已漸亮。回到酒店後他沒有再睡，祇是跑到附近的咖啡館坐，直到開會時才走到會議廳去。

　　由於沒有艾美的翻譯，方偉力很辛苦的用他帶着香港口音的普通話與他們交談，他說得辛苦時而聽的人更加辛苦，方偉力唯有用英文來表

達，幸好他們美國分公司有一個懂英文的員工可以替他們翻譯，如此大家才能夠交談。可惜的是無論他有多努力，由於沒有
艾美的幫助很多問題和重點方偉力都不能應對，最後這個貿易會議失敗告吹。

　　回到家，伊玲凝重的面色一句話也沒有跟方偉力說。

　　他嘗試解釋但伊玲搶着答：

　　"你不用解釋，生意並不是一次會議就能談妥，這個我明白，但是令人最不滿的是你們竟然將公幹當為去旅遊。"

　　方偉力答：

　　"這都是他們改變行程才令我們…。"

　　他話也未講完，伊玲立即怒着說：

　　"艾美已經告訴我，你們是跑了去迪士尼樂園玩，對嗎？"

　　方偉力如一個犯了錯的人一樣垂着頭答："這是我要求艾美帶我去的。"

　　伊玲聽到後，沒有回話，怒氣沖沖的跑回房間去。

第六輯

整晚伊玲睡得輾轉不寧，滿腦子都是雜亂的記憶，不經不覺似睡還醒的狀況下終於睡着了，但是整晚她都是在做夢，夢境中她回到大學時期。

臨近聖誕，大學開始放冬假，而今年丹佛下的雪比平日又多又厚，伊玲拿着行李從宿舍走到學校正門，因為今天她約了幾個同學準備一起到墨西哥南部的度假城市 Cancun 過聖誕節。由於積雪太厚她不能拖着旅行箱走，唯有小心翼翼的抱着它在近呎深的雪地上一步一步走，但就算她是如何小心，還是見不到積雪掩蓋下的枯枝，枯枝令她和旅行箱一起跌倒，這時侯一對亞洲學生剛經過，他們立即走過來把她扶起，扶起她的是一個高大樣子長得頗有俊氣的男人，他用英文問伊玲有沒有受傷，她禮貌的道謝後答：

"I am Ok，我沒有事。"

男的見她用中文回答，立即説：

"不用客氣。"

伊玲聽到他説中文才知道自己原來在不覺間竟然用了中文，真是尷尬。説：

「噢！對不起，呀！我應該是説多謝你。」

而與他一起來的少女提着她的旅行箱走過來。伊玲再度向他們道謝。

男的問：

「同學，妳打算去那裡？我反正去停車場取車順道可以車妳去。」

伊玲立即搖手説：

「謝謝，我去的地方不太遠可以走到。」

道別後，伊玲繼續攜著旅行箱步行到大學門口，這時已經有兩個女同學正等着她。

「對不起，讓你們久等，我剛才不小心跌倒了。」

伊玲對他們道歉。

對方答：

「無關係，我們祇是比你早到幾分鐘。」

伊玲問：

「我們還要等誰？」

一個頭戴紅色絨帽的女生答：

「還要等我的室友和她的表哥，她們將會車大家到機場。」

不多久，一部黑色的奧迪在白色的雪地上慢慢駛進來，一個高俊的男生從駕駛座走出來，替他們將行李搬入行李廂內。

伊玲認得他是剛才來扶起她的男生，他看見伊玲正望着他，立即對她微笑，説：

「哈，如果知道妳是和我們是一夥的，我應該一起載妳來這裡。」

伊玲禮貌的答：

「對，我如果早知道的話就不用走得這麼辛苦。」

紅帽的女生見他們談得這樣投契以為是認識的，問：

「伊玲，妳識得博文？」

梅伊玲立即回答：

「不，我們祇是在宿舍外剛見過，是他見我跌倒在地上時走過來扶我的，真尷尬。」

站在一旁的男生主動介紹自己：

「我姓靳，叫靳博文，對，我的姓氏比較小，我父親是北方人，但六十年代來了廣東，一直都留在那裡，所以我的出生地是廣州。」

伊玲回他：

「怪不得你的廣東話説得那麼好，你好，我叫梅伊玲。」

年輕人經過介紹後大家慢慢變得熟悉起來。

在飛機上，不知道是誰的安排，靳博文和伊玲坐在一起，雖然是初見面，但他們有說不完的話題。伊玲問：

"你是否今年才到的新人？"

靳博文答：

"不是，我來了丹佛市已經好幾年了，明年將會畢業。"

伊玲好奇的問：

"你是讀那一科的？我在這裡幾年好像還未見過你。"

靳博文笑着回答：

"哈，　我是在妳們大學附近的一間專業學校修讀飛機工程的，所以妳沒有見過我絕對是正常的。"

之後指指坐在前排左邊的女生說：

"她是我的表妹，今年七月才到這裡，今次的旅遊是她邀請我來的。"

伊玲明白後點頭，之後好奇的問：

"如果沒有跟你認識我都不知道這裡還有一間飛機學校，我估你一定是來學駕駛飛機的，日後可不可以載我乘你的飛機在天空裡翱翔。"

靳博文笑着回答：

"伊玲妳弄錯了，我修讀的是飛機工程，即是維修飛機零件的課程。我以前在中國時亦曾經學過駕駛小型飛機，或者待大家有空時我可以載妳飛一**次**，如果妳信任我的話。"

伊玲不明的眼神望着他，靳博文調皮的笑容更令她猜不透。之後他解釋説：

"我指的是，雖然我的飛行駕照仍有效，但我已經太久沒有開飛機，所以妳願意冒險的話我也願意載你。"

伊玲望了他一眼笑着回答：

"待我想想。"

之後兩人嬉笑起來。

當快要着陸時，航機在上空盤旋，窗外看到半島沿海的水是清澈的綠，如一條淺綠色的腰帶將加勒比海的藍色海水分隔開，十分鐘後他們的飛機降落在一個細小的機場，一座小小的大堂內祇有兩個海關人員在工作，看起來絕對不像是一個國際機場，但由於是聖誕節所以機場內站滿了從不同國家來渡假的旅客。

因為靳博文和他的表妹拿的是中國護照，所以在入境時他們比其他三個拿美國護照的花上更長時間。弄了幾個小時他們終於能**夠**離開機場，到了酒店時已經是黃昏。

　　當大家來到露台看到西面的夕陽正開始沉下時的美景不禁歡呼起來，同行的女生急不及待地換上泳裝準備離開酒店跑去沙灘。

　　暖和的陽光直射在長長的海岸線上，一望無際的沙灘滿佈着一班弄潮兒，來到沙灘女孩子們興高彩烈地將穿着的拖鞋踢在一旁然後光着腳在細碎的幼沙上跑，踏着被太陽曬得微暖的沙雖然和雪同是軟綿綿的感覺，但這個感覺與早上踏的雪地簡直是天堂與地獄之分。

　　伊玲見靳博文獨自坐在沙灘上的石壆上，手上拿着一堆從酒店大堂取來的旅遊簡介看，好奇地問：

　　"你為什麼不去跟她們一起游泳？"

　　靳博文笑着回答：

　　"我有點兒餓，不想下水，對了，妳又為什麼不跟她們一起玩？"

　　伊玲有點不好意思答：

　　"老實說，我在小學時在家的泳池險些遇溺，所以到了現在還有些怕水。"

　　靳博文好奇的問：

　　"那麼妳為什麼還跟她們來呢？"

　　伊玲答：

　　"哈，因為我怕一個人孤單的留在冰天雪地的校舍內。"

靳博文問：

"妳可以返家，是否他們不是住在這裏。"

伊玲微笑的答：

"不，我哥哥是住在紐約上城，不過我聽説這處很美所以才跟她們來。"

靳博文繼續問：

"那麼有沒有令妳感到失望，因為這裡的節目全都是玩水的。"

伊玲轉身望到的大部分都是穿着游泳衣的年輕人他們不是在嬉水就是乘快艇滑浪。她回轉頭對靳博文微笑答：

"見到大家玩得這麼開心我怎會覺得失望呢？"

這時，她們亦跑回來，靳博文的表妹一邊拿着大毛巾抹頭一邊問：

"我們下一個節目是什麼？"

靳博文輕打她的頭説：

"忙什麼？先填飽肚子才説。"

之後大家走回酒店換了衣服便到附近的餐廳吃晚餐。

拿着餐牌，全都是墨西哥的菜餐，有部分人提議離開到另一間有美國菜的餐廳吃，但靳博文説：

「我們老遠的跑到這裡來當然是嘗嘗他們的當地食譜，那怕不好吃亦要試試。」

在多數服從小數的規則下，大家唯有再拿起放在枱上的餐牌，左看右看下最後還是交由隊中的男生來作決定。由於她們實在是太餓，不待點的菜到來前，已經將待應送來的玉米片全吃光。在吃飯前，一個説着流利英語的墨西哥待者，他不斷的介紹當地著名飲料 Tequila，一種用仙人掌的龍舌蘭提練出來的酒。

「相信我，如果你來到這裡沒有嘗過這種酒，你不要告訴別人曾經來過墨西哥。」

在他的誠意推薦下，他們最終還是叫了三杯〈tequila sunrise 〉分享，不到三分鐘，那待應笑着臉送上他們的飲料。

一杯帶有酒精的橙汁簡單的盛在香檳杯裡，最誘人的是酒保滴了一滴紅色的石榴汁糖漿在杯底下，遠遠望去猶如一個紅日在水面升起一樣，美得令飲者不忍用插着一片香橙的飲管將它弄碎。，而靳博文要了一杯〈馬加烈娜〉，一個寬口的鷄尾酒杯，而杯口塗滿了鹽巴在杯口上再插了一塊青檸，靳博文熟巧地拿起那塊青檸用手榨汁落酒杯內。

「飲勝。」

他們嘻哈的舉杯碰飲。

不久，他們點的晚餐陸續送到，靳博文的表妹望見一堆炸得黑黑的東西問：

"表哥，那是什麼食物？"

他一邊拿起一邊塗上勁辣的墨西哥青椒汁，然後答：

"這是炸草蜢。"

她們一聽立即現出一個驚訝的表情。

靳博文望着表妹説：

"她們是在美國長大的未試過可能會嚇怕，但妳是從中國來的，有什麼奇怪的食物未吃過，記得我們上次去山東遊玩時那導遊還帶我們去吃炸蠍子，蠍子妳也吃還會怕吃草蜢嗎？而且蚱蜢蛋白含量比其他肉類豐富，脂肪含量僅 6%。我吃炸蠍子時喜歡放些孜然粉或加些椒鹽來吃，而這裡是放墨西哥辣青椒醬，不過味道和口感都算不錯。"

大家見他吃得津津有味，亦放膽去試。

而最令人吃得啼笑皆非的是這間餐廳的鎮店名菜〈朱古力焗雞〉一隻焗熟的全雞塗滿一堆深咖色的朱古力賣相己經不吸引，加上甜中帶苦的黑朱古力將雞肉的味道全蓋上，雖然大家都是餓但都只嚐一，二口就不再吃了。

“明天我們去玩什麼？”

表妹一邊吃一邊問，靳博文望了她一眼答：

“原本打算明天去玩浮潛，但伊玲又怕水，或者改為去騎馬，好嗎？”

表妹立即抗議：

“不去騎馬，那些馬匹實在是太臭了。”

早上帶紅絨帽的女同學說：

“我有一個提議，記得第一次我來這裡時還未懂得游泳，但我父親帶我去潛水，哈，不是那一種背着氧氣筒，腳穿蛙鞋那種，而是大家戴着如航天員的面罩坐在一部水底電動車上，在水底下來回，很安全，又好玩。”

一聽到這裡，伊玲立即舉手贊成。

飯後，餐廳內人客開始逐漸離去，祇餘下幾枱客人，而這時餐堂的揚聲器正播放着一首柔和的歌，靳博文的表妹問：

“噢，這首歌我很喜歡，不知道是誰唱的。”

靳博文放下手上的酒杯輕斜着頭聽，歌唱不夠一段，他就猜到了。

“哦！這是 Beatles 的 Yesterday。”

伊玲亦搶着答：

“對，就是這個，不過你說得比我快。”

奇怪的是只有他們兩個知道，其他人都呆呆的互望着，還問：

"什麼 Beatles 我從來未聽過他們的名字。"

靳博文答：

"什麼，你們沒有聽過他們的名字！算罷，妳們都是 90 後的，難怪。"

伊玲不服地說：

"誰說我這個九十後不知道呀！他們是 60 年代英國的著名樂隊，他們第一次來美國表演時，受歡迎的程度可算是前所未有，我哥的家還有他們的唱片，我常常聽他們的歌曲所以你不要小看我。"

靳博文見她囂張的表情就問：

"他們早期的歌曲妳又有沒有聽過呢？"

伊玲了不起的答：

"我哥哥還擁有他們的第一隻唱片呢？"

靳博文繼續說：

"OK，算妳贏，我不想再與妳爭議，不過他們早期有一首歌使我記起在泰國旅遊時聽到一個人妖在臺上說的笑話，妳們想不想聽？"

一個戴眼鏡的女生表現不滿的答："哝，什麼人妖一定不會是好東西的。"

但其他女生郤表示有興趣，於是靳博文就笑着說：

"她，他…總之就是那人妖說，Beatles 成名前還是一班在酒吧裡混女的樂隊，有一晚他們混上一個 17 歲的漂亮女生，並且約她到他們的家飲酒，而那女生又樂意接受邀請。到了家後，那漂亮的女生先要到洗手間小解。那班血氣方剛的年青人突產生一個壞主意，就是乘她方便時去打開那廁所門，誰知道四個壞置推開門時，看見那女孩竟然是…站在廁缸前方便。"

他一邊笑一邊說：

"所以最後他們寫了〈I Saw Her Standing There〉這首歌，記得嗎？開始時他們先數一，二，三之後齊將門打開，哈哈哈，然後開始唱：< Well, she was just seventeen, and you know what I mean。。。>"

對於一個說笑話的人在說完笑話後，沒有聽到別人的笑聲，或掌聲反應這證明他的笑話一點也不好笑。

靳博文尷尬的將手上的酒飲完，然後叫服務生結帳。

伊玲在大家步行回酒店時，一邊行一邊在想靳博文的笑話，她不服氣的跑上去追問走在前面的靳博文：

「我仍是猜不出你的笑話笑點在哪裏？」靳博文發現有人對他說的笑話有興趣時就樂於回答：

「妳記得在開始時我說過，這是一個人妖在臺上說的笑話嗎？那麼妳知道人妖是個怎麼樣的人？」

伊玲紅着臉答：

「一個不是女人的男生，他們通常都是漂亮的。」

靳博文說：

「他們真的是比女生還漂亮的男孩，所以他們雖然是穿戴了女性的衣服，但在方便時仍要像男生一樣。」

伊玲搶着答：

「站着方便，哈哈，我終於明白為什麼他們寫這首歌時用〈I Saw Her Standing There〉，哈哈…很有趣。」

其他的女生聽到後亦大笑起來。

到了第二天的早上各人來到海邊，登上一艘中型遊船，伊玲懷着既興奮又緊張的心情坐在靳博文旁邊，他看見伊玲那張着的表情微笑的對她說：

「不用太緊張，妳望望船尾。」

　　她轉頭看見到一部部緊扣的電動自行車，於是問：

　　"我們是否將會坐它呢？"

　　靳博文點頭答：

　　"對，妳再看看，在電動自行車的座位前是放了一個氧氣筒，它連接着航天員的頭罩，對，妳坐在電動自行車上會是很安全的所以妳不用識潛水也可以玩。"

　　經他解釋後，伊玲亦放鬆下來，但當遊船停在海中央時，她看见船員將紮在船尾的電動自行車一部部的推入海時，她立即驚慌起來捉着準備下水的靳博文，問：

　　"喂！不是先讓我們坐下來後才放下水裡嗎？"

　　靳博文拍拍緊握着他手臂的伊玲說：

　　"如果先讓大家坐下來才放入水會是很麻煩的，小姐不要怕我會陪妳游過去的。"

　　其實推下水的電動自行車與遊船的距離不算遠，只要游幾下就已經觸到，不過伊玲還是沒有信心，經多番催促下，她閉着眼睛勇敢地跳下水，在水裡她感到有一隻手挽着她，直到她坐在電動自行車後才離去，而當她張開眼睛時，那人已經看不見了她知道捉着她的人一定是靳博文。

在領隊指導下，電動自行車逐步的滑入水裡，當伊玲見到一條條艷麗色彩的小魚在她身邊游動時，開始的驚惶瞬間失去， 還禁不住伸出手想捉它們。隨團的領隊帶他們在海底下浮游，與彩色的群魚一起在珊瑚叢裡穿疏使到伊玲感到自己亦變成群魚的一部分。

在水底下溫度比水面低，她開始感到凍，這一凍使她醒過來，原來是半夜的湖風把她吹醒，她立即起床將窗戶關上。看看睡在床上的方偉力，心情更覺複雜。

回想起今年與方偉力來到同一個地方，可能不是放假的日子，Cancun 沒有她第一次來時的熱鬧，長長的沙灘裡祇有聊聊幾個弄潮的泳客。伊玲雖然是看不清但她仍然慢慢的走到海邊聽浪潮泊岸嚮起的聲音和感受湧來的海水， 當變成浪花的的海水沖來浸濕她的長裙時，她一點也沒介意因為她喜歡腳下的幼沙隨浪花溜回海裡時的感覺。

方偉力覺得這裡沒有什麼好看， 於是走來扶伊玲走回酒店， 回到酒店經過酒吧時他問："我有點口渴，妳想要喝什麼？"

伊玲微笑的答：

　　"你要不要試試這裡的龍舌蘭酒，這是一種用當地的仙人掌提練出來的。"

　　方偉力點頭後伊玲慢慢地走去酒吧向酒保要了一杯沒有酒精的 Tequila Sunrise 和一杯〈馬加烈娜〉給方偉力喝，不過看樣子他好像不太喜歡那種咸酸的味道，喝了一口便放下，改叫了一杯橙汁來喝。這段時間伊玲一直想改變方偉力，但想到完全改變後的他，即是失去了原來的方偉力。

第匕輯

第二天，回到公司，梅老闆立即打電話給方偉力詢問詳情，之後沒有説什麼就掛了線。

下午，艾美愁着臉走進方偉力的辦工室和他道別：

"方總，我要走了"。不待方偉力開口問就含着淚繼續說："公司要辭退我。"

見到淚眼盈盈的她，方偉力心裡痛苦不堪，立即站起來想跑去跟伊玲説，但艾美極力阻撓他，説：

"方總，這是沒有用的，在公這件事總是要有人來背這個黑鍋，在私，唉！我覺得梅小姐一直都不喜歡我，她只是想找個借口把我辭去。"

説完後轉身離開。方偉林無奈地坐下來，望見坐在房間的伊玲微笑的樣子，他更氣憤。

日子一天天的過去，事件之後方偉力沒有再與伊玲對話。

他始終沒有放棄跟艾美聯絡，不分早晚都嘗試接上她，但微訊顯示對方祗看不回，送出的訊息如石沉大海。

　　為方便他工作，公司找到了另一個秘書給方偉力。

　　早上人事部的嘉迪妮亞帶着一個啤梨型身材加上褐色皮膚的南美洲女人進來見方偉力，説：

　　"方總裁，她是瑪利亞，以前曾經在這裡幫過泰勒先生的，有了孩子後她辭工離去，後來才請了艾美來替她。"

　　瑪利亞禮貌的伸出手説：

　　"方先生，很高興認識你，雖然這兩年我是留在家中照顧孩子，但我仍然在家裡進修，最近在網上我才完成了一個課程。"

　　方偉力亦站起來與她握手。

　　以後的工作她的表現還可以，但不時都犯下了些低級錯誤，即是一些不加留意出現的錯誤，而且在溝通上她總是沒有艾美那般靈活。以前方偉力未開口，艾美好像他肚子裡的小蟲一樣，明白他需要的是什麼，而瑪利亞卻要清楚的告訴每一個細節她才明白，有時候更要逐一解釋她才能妥善辦好。

　　一天，瑪利亞又將方偉力的約會時間弄錯，使他十分震怒，連坐在他房間外的伊玲也聽到，根據在這一年時間與方偉力相處，伊玲明白到他是很小會亂發脾氣的人，所以聽到方偉力大聲疾呼時立即跑進他的房間。問：

　　"發生了什麼事？令你發如此大的脾氣。"

　　方偉力氣冲冲的説：

　　"這個笨人，我估她一定是故意弄亂我這個星期約見客戶的時間。"

　　瑪利亞立即為自己辯護：

　　"梅小姐，希望妳能明白我沒有故意將方先生今周的約會弄錯，祇是在安排上我將今天的和明天的約會時間反轉過來。"

　　方偉力一聽更火，大聲説：

　　"還在解釋，妳知道嗎？如果我今天去了見明天的客戶，而今天的客戶就會呆等我一個上午，他一定會十分之不高興，以為我待慢他，不想與他們合作，瑪利亞，妳應該知道這個客人是公司一個不能錯失的大戶。"

　　瑪利亞還想解釋，力偉力大聲對她説：

　　"滾出去。"

　　伊玲半拉半推的將瑪利亞帶離房間。

　　方偉力還在氣，説：

"伊玲，明天替我找一個精靈一點的秘書回來，我真是受不了。"

伊玲嘗試安慰他：

"一時之間我們不易找到一個合適的人選。"

方偉力沒有待她說完，説：

"妳應該知道自從上次失去了洛杉磯的大客後，總公司有部分高層開始對我不滿，背後説我是因為有妳的關係才可以坐這個位。"

伊玲握着他手説：

"偉力，不要太理會別人，任何情形下我哥哥一定會照顧你的。"

方偉力説：

"我就是不想妳哥哥太幫我，我想憑自己的努力，將一切做好。"

伊玲聽後，心裡很歡欣笑着説：

"這是我喜歡你的原因，偉力不要太緊迫自己，我相信你一定可以做到的。"

得到伊玲的安慰及鼓勵，他煩亂的心情開始平復下來。

____

　　方偉力大部分的工作都是與客戶聯絡，所以每日他都收到一堆堆電郵。而對一些不明來歷的廣告推廣電郵他會毫不留情的將它刪除，不過這幾天總是收到一個名字用羅馬拼音傳來的電郵，最後他好奇的打開來看，一看之下，原來是他的前女秘書艾美從廣州傳來的，於是他立即回覆：

　　〈對不起，我這幾天都忙着，忘記在國內你們是用 WeChat 通訊的，待我晚上回家加入妳帳戶後再與妳詳談。〉

　　到了晚上他待伊玲睡着後開始將艾美在國內的電話號碼加入 WeChat 組內。不久，對方立刻接受他的邀請並開始在網上對話，多日不見，他們談得很暢快：

　　沒有經過問好艾美直接的問：

　　〈你的新來秘書工作如何？〉

　　方偉力答：

　　〈如果在美國殺人後可以不用坐牢的話，我想把她殺死。〉

　　艾美傳來二個大笑的符號圖案。

　　方偉力覺得感嘆：

　　〈艾美，真的希望妳能回來與我一起工作。〉

　　對方回覆：

〈我也希望。〉

方偉力問：

〈有沒有計劃回來美國工作？〉

艾美答：

〈我的工作簽證己過了期。〉

方偉力回覆：

〈冇問題，我們可以替妳續辦。〉

停了半刻，對方回答：

〈我明白，但如果梅小姐知道後她一定會不高興的。〉

之後再續發：

〈現在我的新工作還不錯，跟在美國的工作差不多，況且又可以接近家人。〉

方偉力無言以答，衹唉了一聲，雖然是一句輕輕的嘆息但仍被睡夢的伊玲聽到。方偉力急急寫下一句道別後就結束。

結束的是當日的對話，但沒有結束日後的發展，這個發展程度是方偉力所料想不到的，他越多與艾美接近，與伊玲的談話就變得越來越小，因為伊玲的強勢越來越令他不能接受。

方偉力近日的冷淡表現伊玲亦察覺到，但卻找不到是什麼原因。有日梅老闆來電時，她對哥哥說：

"哥，我想跟偉力結婚。"

哥哥笑着回答：

"當然贊成，妹妹，記得當初我介紹小方給妳時妳是多麼的抗拒。"

剛巧此時方偉力從浴室裡走出來，伊玲立即掛線，正想走去向他提出結婚的事，但方偉力卻拿着手機一聲不响地走到客廳看電視。

他這樣的舉動最近常常發生，更令伊玲開始懷疑起來，她嘗試試探有關微訊的事，但方偉力總説這是客户或是香港朋友傳來的微訊。獨坐在梳粧檯上的她，呆呆地望着鏡前的自己，矇朧中見到一張日漸老去的面貌。

第八輯

思憶最惱人的地方是湧出來的永遠都是令人不愉快的回憶，想起以前兩段婚姻直接或間接都是由伊玲哥哥安排的，今次的方偉力亦是如此。但她心裡眷戀着的仍是靳博文，一個學識，人品，外貌都是令她難以忘記的人。

記得她第一次帶靳博文到紐約見哥哥，開始時大家都很融洽，當哥哥知道他們打算結婚後還向她們恭賀，一切美好的喜悅充斥着伊玲的心。誰知哥哥突然這樣問：

"靳先生，你的姓氏不似我們廣東人，請問你老家在那裡？"

靳博文笑着回答：

"我老家是在北京，六十年代家父被派到來廣東，之後他在廣州結婚並落籍，所以我是在廣州出生的。"

梅哥哥笑着回答：

"怪不得妳的廣東話說得這麼好。"

伊玲握着他的手不停地笑，他亦望着伊玲笑。

哥哥繼續問：

"請問靳向陽是你貴親？"

靳博文很錯愕他會問這個，答：

"靳向陽是我家父。梅先生你怎會認識我爸爸呢？"

只見梅老闆面色一沉，低着語氣答：

"果然是他。"

之後轉向伊玲説：

"妹妹，對不起，我反對妳跟他結婚。"

這個令人驚訝的場面，伊玲感到猶如睛天霹靂，她不知所措更不相信這是真的，但見到哥哥凝重的表情，張大口問：

"哥，你是否跟我開玩笑？我不明白，請告訴究竟是什麼原因。"

梅哥哥望着靳博文説：

"妳問問他的爸爸在中國時對我們家人做過什麼？"

靳博文更是猜不透原因，問：

"梅先生，我真的不明白，你可否説清楚一點，就算你真的反對我和伊玲結婚也要給我一個好的理由。"

　　梅老闆低着頭沒有答，片刻後他嚴肅的對伊玲説：

　　"我們一家人淪於如此冷落都是拜他父親所賜。"

　　看到一臉茫然的妹妹，他繼續說：

　　"我雖然出生比妳早十年，但爸爸在生時還經常都有提着的，所以當我知道他是來自北京姓靳的，我就想起爸爸的話來。他爸爸靳向陽在文化大革命時被派到廣州來，為了表功，他知道我們外婆住在美國就不惜寃枉我家是走資派，來到我們的家後二話不説就吩咐隨來的紅衛兵任意破壞家中的物品，有些是妳爺爺保存的心愛文物亦被破壞，晚清時我家出了一個進士，鄉公所更為表揚他而做了一面牌匾，可惜他的爸爸不理，動手將那牌匾拆下後還大腳的將它踏破！"

　　"為什麼他們要這樣做？"

　　伊玲不明的問。

　　"為什麼？這是他們叫什麼<破四舊> 的口號，爺爺嘗試阻擋，他們不旦沒有停下來還拿起木棍打他，頓時間家中的東西被他們打得一片狼藉。除了抄家外他的爸爸還企圖強暴我們的,姑姑,這是我親眼目到的事實，爺爺為了保護他女兒顧不及自已身體的傷不惜與靳向陽拼命，最後爺爺慘被那班紅衛兵活活地打死。"

坐在一旁的靳博文低下頭沒有回話，最後靜悄悄
的向他們道別。

「對不起，我感到有些不適要先離開，梅先
生多謝你的晚餐。」

然後匆匆地獨自走回酒店。

伊玲還是不服氣說：
「這個是上兩代的恩怨，就如我們中國人就永遠都
不能與日本人來往嗎？」
梅老闆平息靜氣地對妹妹說：
「這是兩碼子事，祇是那姓靳的是我們梅家的仇
人。」
伊玲知道沒法可以令她哥哥改變主意，唯有硬要：
「哥，我不理會以前發生過的事，我只知道我是不
能沒有博文的，就算你反對，我還是會跟他結
婚。」
梅老闆怒着說：
「伊玲，妳不能這樣任性。」
伊玲立即說：
「我就是喜歡這樣任性。」
梅老闆立即答：
「如果妳還是這樣子，我將會有辦法令他消失。」
雖然他話說得很重但伊玲還是不相信她哥哥真的
會去做。

———————

　　第二天，伊玲和靳博文來到紐約甘乃迪機場準備登機飛回丹佛時，兩名掛上聯邦調查局的探員將靳博文叫停，然後押他離去。

　　伊玲又急又氣的去找她哥哥，問：

　　"哥哥，你是否叫聯邦調查局的人把博文押走。"

　　梅老闆笑着答：

　　"妹妹，妳以為這裡是共產國家嗎？美國是講道理和法律的地方，如果沒有證據任何人都不能妄自拘捕他的。對嗎？"

　　望着急得如熱鍋上螞蟻的妹妹，於是說：

　　"伊玲不要急，讓我替他在這裡找一個好律師。不過，這不是代表我們原諒他爸爸過去所做的壞事，只是我尊重他是妳的朋友我才幫他。"

　　伊玲不知道該說什麼，只說一句："謝謝。"

　　幾經審訊後，美國政府起訴靳博文在丹佛市利用讀書的身份去盜取美國的航空技術。罪名成立後，理應要入獄，幸好梅老闆請來的律師以健康和初犯理由申請免了他在美國坐牢但卻要立即遣返回中國。

伊玲當然是很傷心，但是她卻想不到原來在丹佛讀書那段時間，她的一切活動都被哥哥秘密監視着，特別是當梅老闆知道靳博文開始追求伊玲後，他更加派人去徹底調查靳博文的背景。所以在大家初見面時立即就知道他父親的名字和知道他是負着一個特別任務來美國。

沒有擁抱吻別，沒有交換通信，沒有説再見。伊玲和靳博文就此分開，但每朝起床時她的睡枕仍留着昨晚的淚水。

以後的日子哥哥開始安排她的約會，曾經滄海的她看到什麼人都難再與靳博文比較，直到幾年後在生意上遇到那個韓國商人。

在客廳裡的方偉力正忙於與艾美對話，話題從開始時大家客套的對話到現在談的話題已經是深入兩人內心的感情世界。有一天艾美遲遲沒有上微博，他顯得有點不安，到最後看到她的回應後才安心。

〈怎麼？掛念着我。〉

　　艾美回覆的第一句就俏皮的問，方偉力毫不猶豫地答：

　　〈是。〉

　　一分鐘後，艾美回覆：

　　〈我也是。〉

　　之後大家再沒有對話。這時刻方偉力知道自己已經是到了不能自拔的境況，對於一個從來沒有正式談過戀愛的他，覺得和艾美相談的日子是很開心，很自然的。

　　在感情上他覺得與伊玲是很微妙的。戀人那種牽腸掛肚，日思夜想的感覺從來沒有發生在伊玲的身上。他曾想過不如乾脆與伊玲結婚算了，但心裡掛着的仍然是在中國的艾美。

　　一天，方偉力到紐約的總公司開會，之後，他再也沒有飛回德州。

　　早上伊玲接到哥哥的電話問：

　　"妹，究竟發生什麼事？今天我收到偉力的辭職信，妳們是否出現了問題。"

　　伊玲一聽，立即醒來。答：

　　"哥，我也不知道，昨晚他說會乘今早的機飛回這裡，但…真的昨晚和他通話時他什麼也沒有說，好吧，待他回家後我會問個明白然後才告訴你。"

　　一個早上過去了，黃昏時刻她仍然未見到方偉力回來，電話也沒有接。她煩燥起來走回公司問其他員工，方總有沒有電話回來。但各人都是搖頭，而路易見她焦急的樣子就問她："發生了什麼事？他有沒有留下任何口信或留言給妳？"

　　伊玲想想今天早上心情實在是太亂忘了去看留言，她從抽屜裡拿出一個放大鏡，這是她日常看手機用的工具。果然在留言信箱裡有一個留言訊息，再看清楚留言人的名字果然是方偉力，而時間是在上午九時。

　　電話錄音雖然短，但每一句說話都如帶鈎的箭一枝枝刺入她的心內，她想拔出來，但拔出帶鈎的箭頭時可能連她過去的不愉快經歷都會一起勾出來。

<伊玲，我覺得自己很懦弱，特別是在妳面前，這番說話我是應該跟妳面對面談的，但我卻沒有勇氣，我知道選擇了逃避會使妳多受一次傷害，但

我真的不知道怎樣做。對不起....其實對不起這三個字永遠都不能彌補我對妳的傷害，但除了說對不起外，我不知道應該說什麼。經過多月來的相處，我發覺艾美更適合我，妳有的優點她一點兒也沒有，但是與她相處時我覺得很舒服，完全沒有壓力。五分鐘後飛機將會起飛，在我離開後希望妳能夠找到一個值得妳愛的人，伊玲，對不起，再見。"

她聽完後呆呆地坐在辦公椅上發呆，身旁的電話不斷地响，但她沒有理會，直到瑪利亞敲門她才醒覺起來，瑪利亞問：

"梅小姐，妳冇事嗎？"

伊玲一邊拿枱上的紙巾抹留在眼角的淚水，一邊答：

"我冇事。"

瑪利亞再說：

"那就好了，剛才梅先生從紐約打電話來問妳如何，他想妳有時間的話回他電話。"

伊玲揮手示意要她出去說：

"ok，我會。"

瑪利亞唯有替她關上房門後就走回自己的座位。三分鐘後，她看見伊玲背着手袋急急的離開公司。

　　回到家，她倒了一杯酒喝，寧靜的四周更使她感到空虛，奇怪的是她不想哭，因為她曾經發誓以後不會再為那些臭男人而滴淚。

　　空虛的力量使她強抑制得很辛苦，最後，她不能夠再抑壓自己，開始大大聲的哭出來，在家裡沒有人來安慰，祇有是自己的哭叫聲迴響。晚上，她終於撥電話給哥哥，一個在世上，唯一關心她的人。

　　梅老闆十分焦慮的問：

　　"妹，你如何？"

　　對方在電話裡回一聲冷笑：

　　"什麼如何？大哭一場後舒服了，而且這又不是我第一次。哈。"

　　無奈的語氣，令到哥哥不知如何去安慰她，祇能説：

　　"伊玲，或是到來紐約小住幾天，讓我們陪妳好嗎？"伊玲沒有接受他的提議：

　　"哥，不用擔心我，我已經習慣了被遺棄，我沒有恨，只是有一點兒不服氣，為什麼我這樣對他們，但他們還是會棄我而去，唉！我真的猜不透。"

　　哥哥説：

　　“是他們沒有眼光，妹妹，不要過於傷心，特別是小心妳的眼睛，不要再使它受傷。”

　　伊玲嘆一口氣説：

　　“哥，謝謝你，我會照顧自己的。”

　　一聲晚安後，大家掛了線。

第九輯

一部從紐約飛來的飛機降落在廣州白雲機場，經過通關手續後艾美看見方偉力走出大堂，她立即奔跑過去擁抱他。

“方總，估算不到你真的會來這裡。”

方偉力捉着她的手説：

“不要再叫我方總，你可以叫我偉力。”

艾美俏皮的對他笑着説：

“好了，那我以後叫你偉力，不過，24 小時後，我又要再叫你方總了。”

方偉力不解的問：

“雖然我是因為妳們公司聘請，才來到廣州，但是我還未了解他們的運作，只讓我休息一晚就要上班可以嗎？”

艾美笑着答：

“以我認識的方偉力，應該是沒有問題的。這樣吧，你休息一天，之後我才帶你去見我們的大老闆，這樣可以嗎？”

艾美見他點頭，興高采烈的拖着他離開機場，她先安頓方偉力住進他要求住的酒店。 在酒店大堂等候登記時艾美不明的問：

「偉力， 我有點不明白今天廣州五星級酒店多的是為什麼你要選擇住這間白天鵝酒店， 無疑它曾經是廣州最高級的酒店， 不過都已經是上世紀的事。」

方偉力望了她一眼， 停了一刻然後微笑答：

「希望妳不要見笑，今天我選擇住在這間酒店跟去年和妳到迪士尼公園玩的心態一樣。」

聰明的艾美一聽就猜出他的心意， 説：

「你是想圓夢， 一個你兒時想圓的夢。」

她的聰敏贏得方偉力的讚賞， 説：

「妳果然是聰明， 記得我年紀小時跟媽媽第一次從香港到廣州探望我的姨媽， 雖然那時我家的環境不算好， 但比較起姨媽的處境還可以， 因為那時的中國還未開放， 整個社會都比較貧窮和落後。仍記得瘦小的母親拖着一堆不知道是糧食還是舊衣服與我坐火車到廣州。晚上睡在一間沒有風扇的房間裡， 母親一邊用葵扇替我搧扇， 一邊和她的姐姐談話。

「姐， 明天是妳生日， 妳想吃什麼？」

姨媽很開心的捉着我媽的手説：

「妳老遠的從香港來見我我已經是很高興，妳不用再破費了。」

媽媽微笑的答：

　　"自從姐夫離開後祇有妳一個人工作來支撐家庭，辛苦了，加上公司今年發給我一筆可觀的花紅，所以想在妳生日時回來慰勞一下妳。"

　　姨媽聽到後紅著眼抱着我媽媽。就在此時，櫃檯的服務人員開始替方偉力辦理登記住房手續。

　　忙了大半天，他們終於可以進入酒店的房間，方偉力站在窗外，雖然他住的是酒店的頂樓，但望向窗外城市裡其他的高樓，這間酒店顯得比較矮小。

　　艾美替他放好衣箱後走過來牽着他的手問：

　　"是否有點失望？"

　　但方偉力搖頭答：

　　"沒有，反而有一種興奮的感覺。你知嗎？我媽媽刻意帶她姐姐到這間香港人建做的高級酒店吃午飯。"

　　艾美亦表示同意，說：

　　"我知，那時侯這類高檔旅館祇招待外賓和港澳同胞，這裡的市民是不准進入的。方偉力笑着繼續說："

　　"那天是我們第一次來到這樣高檔的地方吃餐，不要説姨媽和她的兒女，亦是我和媽媽的第一次，所以我答應自己有機會到來廣州時一定要住在這裡。"

　　方偉力說完後見艾美用欣賞的眼神望着他，問：

　　"怎麼？妳是否想說我是一個固執的人呢？"

　　艾美搖頭說：

　　"偉力，我很欣賞你對自己夢想的堅持，繼續努力我估你一定會成功的。加油！"

　　說完後她握起拳頭向下拉。方偉力亦學她一樣握起拳頭下拉，並說：

　　"我們齊齊加油。"

　　說完後大家擁抱起來。

　　到了晚飯時候，艾美提議帶他去附近一間馳名的餐廳吃店裡最出名的煲仔飯。狹窄的小店裡坐滿了食客，由於地方不大所以老板要在店鋪前弄一個兩層的鐵架，架上放了一個個燃燒着的小火爐，火爐上正是一煲煲美味的煲仔飯，祇見那個師傅如樂隊的指揮，不對，應該說是像一個在雜技團轉花碟的人一樣，在火爐架前跑來跑去。他記着每個客人的要求，有些客人喜歡吃帶燒焦的味道，師傅用心地將瓦煲在小火爐上轉動務求令每一角都能煮出有焦味的飯來。

　　飯後他們牽着手在黃昏晴朗的珠江河畔散步，行了一段小路艾美從手袋裡拿出一把小雨傘，張開，這個舉動令方偉力不明，雖然太陽仍未完全西下，但黃昏的陽光是柔弱的。他看見比他矮小的艾美用力舉起那把小傘，他忍不住將小傘從艾美的手裡拿過來， 他想問原因， 但眼見其他人都是如此他唯有繼續張着小雨傘行。 他們一邊行一邊暢談分開後大家的生活， 路人的談話聲和河畔旁大樹上的鳥聲使到他們傘下緊貼着說話。

最後回到酒店門口他忍不住好奇的問：

"為什麼大家行河畔時雖然是短短的一段路，但卻要張開雨傘？"

艾美沒有立即回話祇是俏皮的笑着將放在身後的小雨傘拿出來。 說：

"你看一看。"

方偉力定睛一看， 嚇了他一驚指着那佈滿了鳥糞的雨傘說：

"噢！我的天， 如果沒有它這些傘上的東西就會全掉在我們的頭和衣服上， 妳真是細心。 多謝妳。"

艾美笑着答：

"應該說，黃昏是鳥兒回巢的時侯， 也都是我多年生活在這個城市積下來的經驗。 好了， 坐了十多小時飛機你應該會是很累的， 回房後早點睡明天我們還要去見我公司老闆。"

待她說完後方偉力吻了一下艾美就帶着歡悅的心情走進酒店。

———————

"方先生，你是否第一次來廣州？"

一個年近六十歲長得比他矮的男人一邊與方偉力握手，一邊問。

方偉力禮貌的回他：

"周老闆，我去美國之前是住在香港，在幼年時曾經跟媽媽來過這裡一次，之後再也沒有再來，所以見到廣州今天發展得這麼好，我感覺得很驚訝，這個跟我兒時的記憶完全不同，特別是昨晚艾美帶我夜遊珠江河時，見到兩岸燦爛的燈色，真的比美紐約曼哈頓市和芝加哥河的夜景。"

周老闆笑着說：

"對，自從國家改革開放後一切都在進步，有時間去去深圳，那邊的科技產品是全國的先鋒。好了，大家言歸正傳，對於你的工作能力艾美已經和我說過，我相信她的說話，而且我們是新公司正需要你們這種有國際經驗的人材來幫忙。不過，如果可能的話，我想你能夠多介紹一些美國公司的客戶給我們。"

方偉力聽不明白他的意思，問：

"周老闆，你是否想我轉美國公司的客戶給你？"

周老闆笑着答：

“方先生，你真是個明白人，對，我正是想借助你的關係多拉一些外國客戶，可以嗎？”

坐在一旁的艾美見方偉力沒有回應，在旁踢了他一下，但見他還沒有答，就説：

“周老闆，這個我想方總應該是沒有問題，我記得他在美國服務的公司有不小外國客戶，除了美國外，加拿大，墨西哥，甚至中東和東南亞都有。”

方偉力不明的望着她，艾美繼續用腳踢他，他唯有點頭同意。

周老闆開心的説：

“那就好了，我公司又多了一員猛將，艾美妳真的是功不可沒。方先生，這樣吧，你先休息幾天，下星期才正式上班，艾美。”

他轉頭對艾美説：

“這幾天妳負責好好的帶方先生周圍參觀，帶他吃遍全廣州的美食，方先生，可能你聽過〈食在廣州〉的美譽，希望這個美譽不會是浪得虛名，哈哈。”

艾美回答：

　　"周老闆你放心罷，我會不負你的所託，但今晚不能，因為我媽已經準備好我們的晚飯。"

　　之後他們離開，一路上方偉力沒有說話，艾美握着他的手步向地鐵站，由於過了上班的繁忙時間他們很容易找到了位置，艾美頭倚在方偉力的肩膀上咀裡哼着歌。地鐵瞬間走進黑暗的地段，方偉力的心情隨即轉進入憂慮裡，最後他忍不住問：

　　"是不是如果我沒有將美國公司的客戶轉移給周老闆，他就不會聘用我？"

　　艾美抬頭望着方偉力，片刻後説：

　　"偉力，想想，如果你手頭上不是有外國公司客戶，周老闆怎會付出這麼多錢來請你嗎？當然你在梅老闆處拿的是美元，但在別人眼中這都是因為你和伊玲的關係才能夠拿到這麼多的錢，我知道除了關係外這全都是你自己努力爭取回來的，但是....你知嗎？無論你再如何努力，旁人都會在背後説你是憑關係掙來的，對嗎？"

　　方偉力無言以答，沈默片刻後説：

　　"我明白妳的意思，但這樣做我覺得很卑鄙…已經傷害了伊玲，今次還反叛她哥哥的公司，我實在是過不了這關口。"

　　艾美緊握他的手説：

　　"這又不算是什麼反叛，在商業社會裡，利益是大前提，我們只不過是給客戶多一間公司給他們選擇，如果我們公司給的條件不能令該客戶滿意的話，那客戶可以隨時轉回梅老闆的美國公司，對嗎？"

　　方偉力仍然低頭不語，心情複雜地望着地下鐵在各站經過，當地鐵到達天河站時，艾美拉着他離開車廂。

　　走上大路湧來的除了是人潮外還有一股撲面而來的熱浪。在南方長大的方偉力早己習慣了這種初夏濕熱的氣候。而艾美的父母見到他們來到時，立即開啟家中的空調。

　　艾美先介紹方偉力給父母認識。

　　"對不起，世伯，艾美沒有告知我會來探望你們，所以沒有帶任何禮物送給你。"

　　艾美父親笑着回答：

　　"方先生太客氣了，你的光臨真是令我家蓬蓽生輝。"

　　客套一番之後，大家開始詳談起來，方偉力祇是簡略的談自己的家人，致於與伊玲關係的事沒有提過隻字。

　　晚飯後大家告別，艾美硬是要送方偉力回酒店，偉力説：

"艾美不用妳送了，我自巳可以坐計程車回酒店，況且這麼夜，要妳一個女孩子走回家，會令人擔心的。"

但艾美笑着説：

"方先生，不要忘記我是在廣州土生土長的，什麼時候回到家，我爸媽都不會擔心。"

如此他們就握着手離開，不過他們並沒有坐計程車，而是手牽手的一步步走向方偉力住的酒店。

當路經一個商場時艾美突然對方偉力說:

"你在這裡等一等，我想到商場換一個新手機套。"

方偉力點頭表示同意並且打算陪她一起進去，開始時，艾美有點想拒絕他的意思，但到最後還是拖着方偉力走到綜合商場內。

來到商場內的一個小型手機配件商店，艾美交出她的手機給那個相熟店員。在等待時方偉力一個人漫無目的地觀看其他的手機配件。在櫃檯內他看見一個紅色的手機套，該手機套並沒有什麼特別，只是在紅色皮套的下角處有兩個互扣的環，這是歐洲一個名牌子公司的註冊商標，這個手機套使他勾起伊玲，　記憶中她仍是在使用着這一個，當然她的環扣做得比這個清晰很多。除了這個外他相信在伊玲手機內應該還儲存着方偉力最後一次傳來的話：〈對不起，請忘記我。〉短短的句子沒有祝福和道別。

　　這時艾美興緻勃勃的跑來拿出她的新買手機套給方偉力看，它看起來並沒有什麼特別，再看清楚手機套上原來是印上了他們兩人的合照。在廣州新電視塔下，艾美輕倚着小方，令人相信在愛河的女人可以使一個平凡的姑娘變成嬌美動人的可人兒。她一邊走一邊哼着歌，由天河走到荔灣區雖是很遠但他們覺得路程仍是太短，在離別前與艾美的吻令他感覺到很興奮而這種興奮感覺與伊玲的絕不相同。

　　第一晚可能是旅程太累，躺上床上不夠五分鐘他就睡着了，但今晚不知道是否受時差影響，睡不上一小時他就醒來，之後整個晚上他都不能再入睡。腦裡輾轉想着周老闆要他提供一些美國公司的客戶給新公司時，他心裡更是難受。憑良心講梅老闆一直以來都待他不薄，加上與伊玲的感情，他真的是不想再去背叛他們兩兄妹。不過，到了現在他知道已經是沒有回頭路可走了，如果不能交出美國的客戶，新公司可能不會聘用他。到了最後，他決定不再想下去，狠心地將顧慮的問題全部豁出去。

　　第二天的天色為他們提供了一個美麗的日子。在白雲山的南麓有一個叫麓湖公園的人工湖，整個湖區傍山而起，景色宜人，由於不是假日，所以公園內遊人不多，艾美拖着方偉力沿着湖一邊行一邊欣賞，沒有風的湖水像鏡一樣將兩旁長得濃濃的相思桉樹影在水面上。雖然這種景象方偉力在德州家後院的湖扒獨木舟時多次見過，但總覺得那邊的景象是沒有生氣的，除了木槳插入水時發出的撥水聲外偶然只是聽到一些狗吠聲。但在這裡不同，這裡不旦有遊人聲外還有在樹上唱歌的小鳥聲。

　　最後他們來到山頂的高塔，站在高山望下去可以看到整個公園和遠處一座座的高樓，對比之下這個花園猶如是一個隔世的園林。在山上他們還看到一個在湖邊上垂釣的長者和幾個繞着湖跑步的年青人。看到湖中有人在划船，方偉力想一試，但艾美説：

　　"今天太陽這麼猛烈我不想去，不過如果你真的想玩我是可以陪你的。"

　　方偉力明白她的意思，最後他還是放棄。

第十輯

　　自從方偉力離開後在美國的伊玲再沒有上班，整天都呆坐在家，她答應過自己不會再為任何人哭，對於方偉力她心中仍是不服。有一天她打電話給紐約的哥哥：

　　"哥，我想去香港找他，你可不可以找到他的地址。"

　　梅老闆不明的問：

　　"伊玲，妳的眼睛不方便，一個人走那麼遠我會擔心的，或是待我完成手上的工作後陪妳去，好嗎？"

　　伊玲停了一會兒說：

　　"待我想想，不過哥，拜託你找到他的香港地址後請告訴我。"

　　道別後，梅老闆立即吩咐香港的黃經理去找方偉力的住處，可惜一天後，黃經理回覆說："老闆，對不起，我找過方偉力住在離島的姐姐，但她說自從知道弟弟重返美國後再也沒有他的消息。"

　　梅老闆回了一聲後就掛電話。之後的日子他派人到香港查，但仍然是沒法找到方偉力。

到了每月月底公司的滙報時，梅老闆發現有好幾間美國客户突然離開了，雖然這都是一些微不足道的小公司，但奇怪的是這全部都是方偉力在美國時處理過的公司。於是他繼續追查下去，最後發現那些美國客户已轉了去廣州一間中型的貿易公司。

————————

航機比原定時間遲了半小時才到達香港機場，來接伊玲的是黃經理，在車上對伊玲説：

"梅小姐，我已替妳訂了明天上午到廣州的直通火車，我明天早上會到酒店與妳一起去。"

伊玲想想後答：

"我想在香港多住一天，可否替我改班期。"

黃經理當然是沒有問題。

"那我後天早上才來找妳，那麼明天妳要不要我陪妳？"

伊玲沒有望他祇説：

"不用，我想在酒店附近行行。"

到了第二天，伊玲獨自乘坐停在酒店外的的士，的士離開酒店後向着新界的方向駛去，大概四十五分鐘左右的士停在大埔林村的天后廟前，伊玲付過車費後吩咐司機待她完成後再載她回酒店，的士司機見她眼睛不方便於是將車停在一旁然後帶她慢慢走進去。

“這位小姐妳是來許願的，對嗎？”

見到她點頭的士司機説：

“這樣子，妳要先買一套寶牒然後寫下妳要許的願才可以將它拋在許願樹上。”

伊玲聽到後從手袋裡拿出二張一百元的港紙交給那的士司機，說：

“這些錢我估是足夠，剩下的不用退回給我。”

的士司機拿過錢後立即替伊玲準備所有許願的物品。

“小姐，要買的東西我已經買好了，妳打算自己寫許願的字句還是要我代筆呢？”

伊玲説：

“麻煩你替我寫吧！因為我的視力不佳。”

的士司機望向她尷尬的笑着說：

“沒有關係，不過我識的字不多，所以妳要説得簡單些。”

說完後，引起伊玲笑起來，這是的士司機第一次看見她笑，幸好她的弱視看不到他的尷尬表情。

「那就寫，〈我要挖走他們的眼睛〉，哈哈，有趣嗎？」

那的士司機停下來不知所措，伊玲模糊看到他還未動手，問：

「什麼？你不懂得寫嗎？」

祇見他摸着頭答：

「不是我不懂得寫，而是沒有人是這樣寫的。」

伊玲再笑，説：

「這位先生，我祇是跟你開玩笑而已，OK，這一句才是真的，〈我想再見到他。〉」

那的士司機聽到後，立即輕鬆的替她寫在寶牒上。寫完後她們離開售賣攤檔走到榕樹下，大榕樹上掛滿一份份寶牒和縛在一起的橙，驟眼遠看大榕樹彷彿變成了一株橙樹，的士司機對她說：

「小姐，我知妳視力不佳，不過妳祇要對準這方向，對，移向左邊多一些，好，站好後用力向上拋就可以了，準備好就開始。」

伊玲依照的士司機的指導下，憑着在大學打壘球做投手的拋法一樣一下子就將那寶牒掛上大榕樹的橫枝上。

「恭喜妳，能夠一拋即中，妳的願望一定可成真。」

　　這番話聽得伊玲心情好起來。但是她的表情仍是那樣冰冷，一聲也沒有回應只跟着他走入的士內。

———————

　　第二天黃經理一早已經來到酒店，他殷勤地幫伊玲將她的行李安放好，然後一起乘酒店的專車去西九龍的火車站。今天雖然不是假日，但火車站依然是站滿了人，幸好他們訂的是高鐵的頭等艙，所以不用花太多時間等候就順利坐進車廂內，大概不到一小時多的車程，高鐵已經來到廣州南站。

　　到了廣州伊玲覺得當地的居民比較優閒，走路的步伐並沒有香港人那麼急速，在香港時她往往被急步的路人從後推撞。

　　"梅小姐，請稍候一下，酒店的專車快到。"

　　黃經理一邊走一邊望着附近一幢幢新建的大樓不禁自言自語地說：

　　"呀！幾年沒有來廣州，誰知這城市竟然變得如此美麗，我差點認不出來。"

　　伊玲沒有回話，不消幾分鐘，一部名貴的酒店轎車駛到站前接她們直往酒店。

　　晚上伊玲一直反覆思考着一些質問方偉力的問題，但思前想後，不知從何開始最後祇是寫了一張字條。

　　到了第二天，她們乘出租車來到方偉力工作的大樓，進入大樓的一間新開的咖啡店內，伊玲吩咐黃經理將那張字條交給方偉力工作的辦公室。

　　"老黃放下這字條後你就可以走，不用等我。"

　　黃經理不解的問：

　　"梅小姐妳對這個地方又不熟我怎能留下妳一個人在這裡，不如我多留一會待妳們見面後才一起走，好嗎？"

　　伊玲立即翻起臉來對黃經理說：

　　"老黃，我叫你離開你就走罷，不要再囉囉唆唆。"

　　黃經理明白伊玲不想他見到或聽到她們的談話，唯有放下印有酒店地址的卡片後就急步走向方偉力的辦公室。

　　方偉力工作的公司跟香港的公司差不多，黃經理來到接待處，一個戴眼鏡的女接待員禮貌的問：

　　"先生，請問有什麼可以幫你？"

　　黃經理問：

　　"請問這裡有沒有一位叫方偉力先生？"

　　接待員答：

　　"對，但方總正在開會，請問你有沒有跟他預約？"

　　黃經理答：

　　"沒有，不過我不是來找他的，我祇是受人所託交這張字條給他，那就麻煩請妳交給他，謝謝。"

　　說完後他拿過放在接待檯上公司的卡片後才離開。

　　半小時後方偉力從會議室與艾美走出來，那女接待員立即將剛才收到的字條交給他，方偉力接過後隨手放入口袋裡，待他走入了自已的辦公室後才拿出來看，他一看面孔隨即變色，站在旁邊的艾美察覺出他不安的表情立即將那字條搶過來看，字條祇有寥寥寫上< 偉力，我在大樓的咖啡店裡等你。伊玲>這幾個字。

　　"你打算去見她嗎？"

艾美望着焦慮的方偉力， 他仍是垂着頭不語， 一分鐘後方偉力搖頭的說：

"我不想見她， 就讓她等罷。"

之後隨手打算將那字條拋進垃圾籮裡。艾美想了一想後搶回那字條說：

"偉力， 我們不應再逃避， 或是讓我去跟她談談， 我覺得事件總是要解決的。"

方偉力拍拍她說：

"多謝妳。"

艾美報以微笑答：

"為了我們的將來， 今天就給她一個交代。"

————————

這間咖啡店開設在大廈的大堂內， 開放式的設計配合高高的樓頂沒有令人那種壓迫感， 所以來喝咖啡的客人除了大廈的員工外還吸引不少路過的遊人。

由於不是午膳時間， 來飲咖啡的客人並不多， 坐在一角的伊玲耐心地等待着方偉力到來。大概過了四十五分鐘， 隱約中她見到一個人正走向她的座位， 憑身影判斷來的是一個女性， 伊玲以為是咖啡店的服務員於是對她說：

　　“請妳多給我一杯咖啡，　什麼也不要放，　因為我朋友喜歡喝<黑咖啡>的。“

　　說完後發現那個女的沒有回應還拉開椅子坐下，她知道這個並非是咖啡店的服務員。

　　“妳好，梅小姐，　我們沒有見面差不多一年了，　看妳失望的表情我猜妳一定是問為什麼來見妳的人不是方偉力。”

　　說話的正是艾美，　伊玲感覺對方說話的口吻像是個勝利者。　她按着脾氣冷冷的說:

　　“怎麼會是失望，　方偉力這個懦夫我早料到他一定不會來的。”

　　艾美聽到後十分氣憤，說：

　　“他並非是懦夫，祇是妳的霸氣使他變成窩囊。”

　　伊玲不服氣，問:

　　“如果他不是一個懦夫，為什麼不敢來見我？再者妳說他窩囊因為是我的霸氣，哼，真是令人莫名奇妙。”

　　艾美平息靜氣說:

　　“梅小姐，妳跟偉力相處了一段時間，可能妳還是未了解他的處女座人的性格，記得他初來到這間新公司工作時，公司老闆全數交給他來處理，他弄得有聲有色，一切都辦得妥妥當當。”

這時伊玲沉不住氣反駁説：

"哼，如果他不是用卑鄙的手段將我們美國公司的客戶搶過來，他那會成功？"

艾美立即解釋：

"我們並沒有用卑鄙手段將你們的客戶搶過來，只是憑偉力的關係他們才肯轉移過來。"

伊玲繼續說：

"我今天來並非想來和妳爭男人，祇是想方偉力跟我說清楚給我一個交代，不能如此一走了之。"

艾美不知如何應對，祇有敷衍說：

"有機會我要他面對面跟妳解釋。對不起，梅小姐，我公司還有一大堆文件要處理，如果沒有其他事的話那就再見罷。"

說完後匆匆跑離咖啡店。

伊玲想叫停她，但艾美很快就消失在她的視線裡。

伊玲祇好慢慢走出大樓，在大樓保安的安排下她坐上一部出租車駛回酒店，黃經理見她平安回到酒店心情立刻安定下來，他問伊玲：

"梅小姐，妳回來就好了，今晚妳打算吃什麼菜，我可以陪妳去吃，據說這裡除了粵菜外四川菜和上海菜都做得不錯。"

黃經理見她搖頭祇好說：

"那麼明天我們依行程返回香港，對嗎？"

伊玲沒有說什麼，只是點頭回應，然後走回房間。晚餐時間到了但她沒有打算到餐廳吃晚飯，祇是打電話到服務檯叫了一個簡單的沙律和金鎗魚三文治。

不用陪梅老闆的妹妹吃晚餐黃經理心情變得輕鬆，他乘出租車到食市林立的天河區去享受豐富的美食。

第十一輯

伊玲回到酒店房間後，一直坐在床邊，直到酒店服務員送上晚餐，她隨便吃了幾口. 就不再吃。在房間的書桌上，她拿出帶來的個人電腦開始跟她的朋友聯絡，一直到了深夜二時才拖着疲勞的身體躺上床，但上了床後仍然花一輪輾轉才能真正睡下來。

　　未到早上九時，伊玲被王經理的電話鈴聲嘈醒，她迷糊的聲音說了一句"哈囉！"後就將電話關上。王經理急得不知所措，因為他答應自已的太太陪她在香港吃中午餐的。無法之餘祇有等，他不停的在房間內走動，又不敢再打擾伊玲。幸好每日從廣州回香港的高鐵班次綿密，他唯有通知太太將午餐的約會改到晚餐時間。

　　到了中午，他跑到伊玲的房間，輕力的拍房門：

　　"梅小姐，梅小姐，我們回香港妳準備好嗎？"

　　開門的伊玲已經穿得整齊並且拖着旅行箱從房裡走出來，王經理機靈的想替她拿旅行箱，但被伊玲拒絕，說：

　　"老王，我想在這裡多留幾天，你先返回香港罷。"

　　這番話嚇得王經理不知如何應對，他說：

　　"那怎麼辦？我已經在這酒店退了房，這個退房的問題不大，我可以叫他們讓妳多住幾天，不過，我答應過梅老闆要在這裏照顧妳，那…沒有辦法，我祇好留在這裏多幾天。"

　　待他説完，伊玲立即答：

　　"你可以今天先行返回香港，這裡我還想要去找一個人，這個人我不知道要找多久？至於梅老闆的擔憂我會對他解釋的。"

　　王經理還是不放心，説：

　　"這個…我怕有問題！"

　　伊玲怒着説：

　　"我説可以就可以，總之如果發生任何事，都不用你來負責。"

　　王經理唯有支吾以對，說：

　　"那妳就自己要小心，我先上洗手間再替妳安排酒店的續租的手續。"

　　說完之後就溜走，在洗手間內他將伊玲的意思向美國的梅老闆報告。

　　"天啊！我這個妹妹究竟打什麼主意？她應該知道自己弱視出入都不方便，怎麼能夠這樣任性呢？OK，老王，我知道我妹妹的脾氣，她決定了的事是不能改變的。那麼你走之前替我安排一個助手，或導遊在這幾天繼續照顧她，明白嗎？"

王經理答明白後就準備離開洗手間，但手機突然又接到梅老闆的電話：

"老王，你見到伊玲時告訴她，你在酒店大堂的服務站已經替她找到了一個導遊，總之她是不想我太過問她的私事，所以如果你仍然是繼續跟着她，一定會惹起她的不滿。"

王經理聽完後心情立刻轉得輕鬆，見到伊玲時亦沒有那麼緊張。

"梅小姐，我在櫃檯服務站已經替妳補回退房的手續妳可以繼續住在這酒店，我並且約了一個導遊在這幾天來陪妳。"

伊玲聽到後立即說：

"老王，我並沒有說過要在這裡多留幾天，你太過自作主張。"

這回嚇得老王不知所措，進退兩難下祇好再次跑去櫃檯取消續租的手續。

這時候王經理看到站在櫃檯旁有一個高個子的年輕女孩，她看起來像個大學生，那種在課餘時當遊客的導遊來賺取一些學費的學生，她待王經理完成了退房手續後就跑過來用普通話自我介紹：

　　"你好，王先生，我叫江霞是酒店介紹的私人導遊，希望可以幫到你。"

　　王經理立即問：

　　"妳懂廣東話嗎？又或是英文對話？"

　　江霞用並不十分流利的廣東話答：

　　"我從湖南來廣州讀外文的，所以廣東話和英文我都能說。"

　　王經理點頭之後帶她去見坐在大堂的伊玲認識。

　　"梅小姐，我稍後會返回香港，這幾天江霞小姐會在廣州陪妳玩幾天的。"

　　伊玲仍是不滿的說：

　　"你真多事，不過算罷，找到一個熟悉廣州的人來陪我，不過，江霞，我首先想問問妳認不認識黃埔區？因為我想在該處找一個人。"

　　江霞想一想問：

　　"妳是否指黃埔開發區？"

　　伊玲答：

　　"我不清楚，祇知道在那裡有很多貨輪。"

　　江霞笑着回答：

　　"對，就是那個地方，沒有問題，我從前有一個好朋友住在那裡的，哈，應該說是前度男朋友。"

　　站在一旁的王經理聽到她們談得妥當就對伊玲說：

　　“梅小姐，既然江霞可以幫到妳那我就走了，什麼時候返香港請妳打電話給我，再見。”

　　伊玲祗是點頭沒有回話。

　　王經理跳上出租車後就立刻打電話給梅老闆，梅老闆聽到後說：

　　“什麼？黃埔！為什麼她要去黃埔？不過，老王這幾天辛苦了你，我相信江霞會替我照顧她的。”

　　王經理說了聲拜拜後就掛線。

———————

　　在車上，江霞問伊玲去黃埔那裡，但換來的答案是：

　　“我也不知道，祗知道我朋友是在黃埔工作。”

　　江霞拍了自己的頭說：

　　“我的天呀！沒有地址或公司名稱叫我怎麼可能找到他呢？”

　　伊玲呆呆的不知道如何答，江霞想想問：

「那麼可不可以找到其他人問清楚他的資料？」

伊玲尷尬的答：

「我是昨晚聯絡上在美國讀書時的同學，她們說我的朋友現正住在該處而己。」

江霞吩咐出租車司機駛進一幢商場停下，然後對伊玲說：

「這樣吧！黃埔開發區內雖然地方不大但人口卻不小，加上造船廠和外地來的貨船散佈在海上四周，我們可能要花上多一些時間去找，或者妳先告訴我他的名字，待我在電腦處看看可不可以找到妳要找的人。」

「他姓靳，可能是北方人的姓，但我不懂得用中文寫。」

伊玲說完後隱約見到江霞呆呆的望着她，之後江霞從自己的手機裡找出一個頗為英偉的國內電視劇男主角的照片給她看，說：

「這個男演員靳東最近紅遍電視界，我想妳看一看他的姓氏是否與妳的朋友一樣。」

伊玲拿出手袋的放大鏡仔細的看，答：

「對，就是這個，他的全名是靳博文。」

付過出租車車費後兩人就進入商場大堂內。在一間並不繁忙的外國連鎖餐廳，伊玲拿出旅行箱內的手提電腦，經過接上附近的網路後，江霞就開始替她尋找。

在開始時她們找<尋人網站>，但他並非是失蹤人口，如何能找到呢？之後再查黃埔電話客戶登記名單，　這個還是找不到。　她一邊想一邊說：

「這個北方人的姓，在廣州是很少人有的，但…噢！對不起，我真是沒有辦法。」

伊玲拍拍江霞的手臂說：

「不要急，我們何不先吃點東西，然後再去查，我實在是有點兒餓。因為由昨晚到現在我只吃了些沙拉和三文治。」

江霞沒有異議，於是舉手叫服務員下單。

伊玲雖然餓，但祇是叫了一個白汁海鮮天使幼麵，而江霞要了一個意大利肉丸醬麵。伊玲發覺江霞不用看餐牌就很熟練地下單，於是好奇的問：

「妳是否經常來這裡吃餐？」

江霞並不感到意外地答：

「噢！我平日都喜歡到這間連鎖店吃餐的，加上，我去年曾經到過澳大利亞做了一年交流生，所以還是喜歡吃外國餐。」

伊玲聽到後說：

「澳洲我也去過，不過我是去雪梨探望我中學的同學，雖然是短短兩個星期，但我喜歡當地的市民，他們很友善，那麼妳在那個城市做交流生，雪梨還是墨爾本？。」

　　江霞答：

　　「是墨爾本，我也曾經想過去雪梨，看那歌劇院，但是沒有機會。不過在墨爾本時我的朋友帶我去動物園，而最令我難忘的經歷就是他們帶我去以前採金的河邊裡淘金。」

　　伊玲問：

　　「妳淘了多少金？」

　　江霞笑着答：

　　「哈，我去時正值是北半球炎熱的 8 月，但對於住在南半球的人來說是嚴寒的冬天，在冰凍的河冰裡，手掌凍得通紅，我祇淘得三粒像芝蔴般大的小金粒，不，不，應該算是金沙。」伊玲年齡雖然比江霞大，但她卻好像找到了一個知音人一樣，談起話來十分投契。當大家快吃完時，江霞腦中突然湧出一個靈機來，說：

　　「噢！我想到了一個辦法，不過…算了罷，還是另尋一個方法。」

　　伊玲着急地問：

　　「什麼辦法？不管怎樣我都想嘗試，江霞，求妳告訴我，please.」

　　江霞想了一會兒答：

　　"記否我曾經告訴過你，我的前度男友他是住在黃埔開發區的，記得嗎？以前我常常到那裡找他的，而且我知道他的家人全都是在那裡的貨船公司上班的，不過…不過，我不想再見他。"

　　伊玲笑着問：

　　"其實已經是過去式，又那怕有什麼尷尬呢？"

　　江霞仍是覺得為難，低着頭沒有答話。

　　出租車經過一片仍未修好的公路，車輪輾過時捲起的砂塵吹向路旁兩邊，最後出租車停在一間像旅館的小型酒店時，已經是接近黃昏，加上酒店大堂暗淡的日光燈照得令人昏沉欲睡。江霞租了兩間上等的套房，但在黃埔這個市郊外的小鎮所謂上等套房跟美國的〈motel〉小型汽車旅館差不多。入到房間後，伊玲總覺得不習慣，於是叫江霞搬進她的房間來陪她，晚上兩個女人促膝夜談到深夜。

　　可能這兩晚伊玲沒有好好的休息，所以睡到第二天中午十二時她才醒來，這時江霞已經替她在附近的小吃攤買了些早點。

　　"梅小姐，稍後我會去找我的朋友，應該說是前度。所以不方便帶妳去，妳是明白的。對，那就要妳單獨留在酒店裡，可以嗎？"

　　伊玲微笑着點頭，說：

　　"希望妳回來時帶給我好消息。"

　　江霞笑着回答：

　　"是，對我要有信心。哈哈。"

　　說完後向她俏皮地單眼，之後關上門，留下伊玲獨自一人在不大寬闊的房間內，她嘗試開電視，但播放的全都是説普通話的節目。

　　她將電視關上，寂靜的街道除了車輛駛過的聲音外，偶爾還聽到遠方傳來貨船响起汽笛低沉的鳴聲。

　　不知道過了多久，正當她躺在床上半睡半醒時，她突然被江霞弄醒。

　　"梅小姐，快起床，快，我們一定要在五點前去到碼頭。"

　　伊玲無閒去問她，只是依她的指示跑到碼頭。

　　其實所謂碼頭，祇不過是一個釘上梯級的石壆，旁邊放了一塊窄木板給船上人上落的地方。機動的小渡船每日都會在這裡來回接送停舶在江中貨輪上工作的船員或維修師傅上岸。

　　小渡船每日開出的時間是早，午，晚三次而五點是當日最後一班小渡船開出的時間，此時一艘坐滿了工人的機動小渡船，正駛近碼頭，一個個等待着登岸後急於回家的船員，站在船首急不及待地準備泊岸時立即可以跑上岸。

　　一個年輕的小夥子，見到江霞來到，就立即跑過來，江霞正想介紹他給伊玲認識，但小夥子沒有理會祇拉着江霞向碼頭走，但江霞仍要顧及視力模糊的伊玲。

　　期待着重逢的喜悅，江霞感覺到伊玲握着她的手有些微抖，不知道是否他們跑得太快還是她緊張，伊玲的臉變得紅紅，汗水在她墨鏡邊一滴滴的跌下。江霞機靈的從背包裡拿出一把手提電動風扇交給伊玲。

　　她並沒有說句道謝就接過，但突然聽到有人在大聲叫，使她險些將手拿着的手提電風扇滑跌。

　　"靳博文，靳博文，這一邊有人找你。"

　　江霞看見自己男朋友搖手，她亦向着剛下渡船的那班人招手。

　　一個身材高大的男人聽見岸上有人呼叫他的名字，隨之拿下架在鼻樑上的墨鏡，由於呼叫他名字的人正背着斜陽，所以只是見到有一對男女正向着他揮手，是什麼人，他完全看不清楚。

　　但當他行近看到這對年輕人背後的伊玲時，他有點錯愕，那男的年輕人用跳皮的語氣對他說：

　　"文哥，這位漂亮小姐從地球的另一方來找你，你走運了。"

　　靳博文望着一個曾經相愛過的戀人，有些不知所措，她比初初在丹佛認識時瘦了，憔悴的神態更顯得她有些衰老，靳博文輕輕的叫了她一聲：

　　"伊玲，真的是妳嗎？"

　　然後伸出手，伊玲不敢相信站在她眼前的正是她多日思念的人，握着他的手，以前的感覺和氣息全湧回來，不同的是他的手可能工作關係變得很粗糙。

　　江霞的朋友識趣的對他們說：

　　"文哥，你們慢慢敍舊，我和江霞先走，這裡飲酒的地方你比我還要熟，總之在你喝醉前麻煩你將這位小姐送回這間酒店。"

　　他遞過那酒店的卡片後就拖着江霞笑着離開。在開發區不時都有外國的貨船在這裡上下貨，所以區內有一間小小的酒吧給外國船員來買醉。低廉的價格除了吸引外國船員外，還不時有些中國籍船員來光顧，其實這裡所謂的酒吧亦只不過是一間小外賣店內的一個房間，內裡放有一個冷藏啤酒或白酒的冰櫃，和幾張小桌子，一塊油上迷彩顏色的板放在冰櫃上，外加上三張高木櫈使客人可以坐在板前感覺如似坐在酒吧檯一樣，牆壁上隨意做了一個酒架，架上放了十多枝沒有酒的名牌酒樽，這個可能是酒吧主人從大城市的回收站裡買回來，幽暗的燈光和熱鬧音響令人不再注意它的簡陋。

但弱視的伊玲對聲音特別敏感，太嘈雜的聲音她會覺得不適，於是她提議換個地方，但靳博文仍然堅持，想繼續留在那裡，但看到伊玲不悅的表情唯有轉換到一處沒有那麼吵的角落。

伊玲祇好無奈地跟他走，靳博文可能常常來這裡，所以他與酒吧內的人很混熟，不用跟女酒保打個招呼就跳入酒吧內做了兩杯雞尾酒，女酒保不斷地問他問題，但靳博文沒有理會她，祇是專注地做他的鷄尾酒。坐在櫃臺前的外國船員看見嬉笑地問：

"這個是否做給我的。"

靳博文一邊拿着他剛做完的雞尾酒離開酒吧，一邊笑着說：

"這種特製的酒是給我一個特別的嘉賓，不是給你這個醉酒鬼。"

他說完後引來酒吧內的客人拍掌歡呼。伊玲見他回來，立即起身說：

　　"博文，我還是受不了這裡的嘈吵聲，我們可不可以去另一處坐。"

　　靳博文無奈地拿着手上的酒帶她從後門離開酒吧，經過一條小巷再穿越大路，伊玲聽到海浪拍打岸邊的聲音，她猜到可能已經到了海邊。最後他們坐在一條枯木上，刨得四方的長木可能是從碼頭柝下的防護板，木板上還留有一粒粒的小貝殼。

　　"這處坐好嗎？"

　　靳博文仍然是用溫柔的語氣和伊玲談話。見到她點頭，他繼續說：

　　"來嘗一嘗，看看妳還記不記得這酒的名字。"

　　伊玲嘗了一口，香甜的橙汁帶着一種濃濃的酒味，猜不到，於是她再喝一口，終於記得起那酒的名字。<Tequila Sunrise>對，這就是她們第一次在墨西哥旅遊時飲這種用龍舌蘭酒做的雞尾酒，靳博文用杯輕輕的和她的酒杯碰了一下，說：

　　"慶祝我們重逢。"

　　伊玲含着淚喜悅地點頭，喝了一口後大家靜坐無言，最後靳博文打破沈默，問：

　　"妳好嗎？"

　　經他一問積累多年的鬱結使伊玲禁不住哭起來，她點頭但又怕被靳博文看到，唯有轉過頭偷偷的從手袋裡拿出紙巾擦乾流下的淚水。

　　但這一切靳博文都看到，之後他問：

　　"妳的眼睛怎麼會這樣的？"

　　他一問更是觸及了她的痛處，使她不再隱瞞地放聲哭。伊玲想起自己飽經挫折的感情禁不住大聲地哭起來，弄得靳博文不知所措，他放下手上的酒杯捉着伊玲的肩膀不停地安慰她。

　　稍後伊玲平復喘息後答他：

　　"對不起，我太失儀態。"

　　然後喝了一口酒，可能酒精令她心情鬆懈下來，一個苦笑後伊玲開始將她在這幾年所經歷的感情狀況一一對靳博文傾訴。

　　他關心的問：

　　"妳的眼睛日後還可不可以治好嗎？"

　　伊玲搖頭答：

　　"美國的醫生認為最好是能夠找到一個剛去世的人捐出眼角膜來換給我。"

　　他聽到後立即回答：

　　"我知道在這裡只要肯付錢，很快就能夠找到妳要的眼膜。錢方面我相信梅老闆一定是沒有問題的。"

　　但伊玲曾經聽過這裡的人他們會用不法手段來換取她所需的，所以答：

　　"算了罷，反正我已經習慣了。OK，不要再說我，我想聽聽這幾年你過的生活。"

　　對一個她一生中曾經深深愛過，亦是唯一一個沒有傷害過她的人，想到這裡她禁不住問。

　　"你結婚未？"

　　〈鈴鈴…鈴鈴…鈴鈴〉

　　這時，靳博文袋裡的手機響起來，他看了一眼就關掉它，誰知道手機仍然是不斷的響，最後他還是接上電話。可能在海邊比較靜，加上對方響亮的聲音，伊玲聽到手提電話傳來他們的對話。

　　"阿文，你跑到那裡呀？"

　　靳博文試圖降低音量答：

　　"我跟朋友在海邊，不用等我了，妳帶紅紅先回家罷，好了，我要掛線。"

　　黃昏的陽光隨着升起的月亮而沉沒。伊玲望着漆黑的海，沒有再問，因為她已經有了答案。

　　靳博文亦明白，嘆了一聲後說：

　　"她是我太太，紅紅是我們的女兒。"

　　之後大家再沒有說話，伊玲明白到這是命運的安排。於是笑着點頭說：

"很高興見到你有了家庭，雖然這是我想擁有但知道是不可能的，但我仍然會祝福你。"

靳博文無奈地答：

"謝謝。"

默坐的時間令人不知如何渡過，伊玲在來之前想了一晚要問他的問題，但在此時郤被黑暗的環境全遮蓋了。

最後靳博文打破沈默，説：

"剛才帶妳去的酒吧是我太太經營的，她也是酒吧的女酒保，哈哈，不妨告訴妳那裡連營業酒牌也沒有。唉！自從我被遞解回中國後因為還未畢業所以總是找不到民航機修理員的職位做，最後唯有到這裡替貨運船隻做維修工作。"

他想了一刻繼續説：

"那時候我的情緒跌至了深谷，放工後唯一做的就是來這裡飲酒，慢慢跟酒吧的女酒保混熟，最後，哈，就這樣吧我們在一起，一年後小女兒紅紅亦出世。"

伊玲問了一個藏匿在她心裡多年的疑問：

"博文，老實說，你究竟有沒有偷盜美國的航空科技？"

靳博文將手上的酒杯放在凹凸不平的木材上，捉着伊玲說：

　　"我誠心的告訴妳，我拿的只不過是一些先進航空技術的資料，但並非是什麼國防機密。"

　　他搖搖頭，笑着說：

　　"哈哈，真諷刺，我以為拿着這些技術資料回國可以讓我在民航機組內有所發揮，哈哈，原來我們國家早己有了這種技術。"

　　伊玲立即問：

　　"這樣說是美國聯邦調查局寃枉了你。"

　　伊玲雖然看不清楚，但她感到靳博文在搖頭，並聽到他說：

　　"不是美國聯邦調查局寃枉我，而是妳哥哥不想我們結婚就借調查局的手將我推回中國，其實，自從知道我和妳交往後他一直都派人暗裡調查我。"

　　伊玲搶着答：

　　"不，我不相信我哥是這樣的人，他為了保釋你不用坐牢而顧用全紐約最出色的律師來替你辯護。"

　　靳博文不服氣的答：

　　"這是妳哥哥騙妳的謊言，他這樣憎恨我家人，那還會替我找律師嗎？這是我爸爸托美國的朋友替我找來的律師，可能這是因果循環的關係，我爸爸為了這場官司，花盡了他的財產，唉！到我回到家時，才知道這些錢是用來醫治他的癌症。"

之後，大家默默無言。

靜寂的海邊，突然嚮起急速的腳步聲，很輕很急快，跑步聲音由大路向着他們坐的木頭走來，對，是小孩子的跑步聲音。 一個大概兩，三歲的小女孩她一邊跑一邊叫：

"爸爸，爸爸。"然後回頭對走在她後面的女人說：

"媽媽，爸爸真的是在這裡。"

當她走到靳博文的身邊時，看到一個在黑夜還戴着墨鏡的女人正坐在父親的旁邊。靳博文見到自己的女兒時開心的將她抱起來，然後對伊玲說：

"她是我的女兒紅紅，紅紅叫姨姨。"

小女孩沒有回應，看着那姨姨將墨鏡除下，在海邊蒼白的街燈影照下，伊玲濛濛見到一個標緻的小女孩坐在靳博文的膝上，雖然是看不清楚，但五官的模樣像極她的爸爸。

這時，小女孩的媽媽亦來到，她望了伊玲一眼就拉開她的女兒，然後冷冷的對她説：

"紅紅，叫爸爸回家。"

小女孩捉着靳博文的手說：

"爸爸，我們回家罷。"

勒博文望了伊玲一眼之後對他太太說：

"待我先送她回酒店。"

伊玲聽到後立即答：

"不用了，我可以在大路上叫出租車回酒店。"

之後將手上喝了一半的酒杯放回木頭上，站起來一步步的向着大路的街燈方向走，靳博文當然是不放心，祇好對女兒說：

"紅紅乖，姨姨的眼睛看得不清楚可不可以拖姨姨到大路旁。"

紅紅聽到後，立即跑過去拖着伊玲的手，還很細心的帶她走到大路旁，而這時剛巧有部出租車經過，靳博文立即將它叫停，告訴司機酒店的名字然後讓伊玲坐入去。

又像她們第一次分別時一樣，沒有握別，沒有說再見，今晚發生的一切和以往的回憶在靳博文替她關上車門後全部隨之結束。

第十二輯

　　德州醫學中心眼科部裡，梅老闆焦慮地坐在等候室，大概 45 分鐘後一個女護士推。

　　着伊玲從治療室出來，她的一對眼睛被一團白色的棉條包圍起來，梅老闆緊張的跑過去問：

　　"妹，妳覺得怎樣？眼睛還痛嗎？"

　　伊玲笑着回答：

　　"醫生替我打過針後已經覺得沒有那麼痛。"

　　在旁的女護士答：

　　"醫生說幸好你們早送她來這裡，否則她可能永遠都再看不到東西。"

　　梅老闆指指圍着伊玲的棉條，那女護士明白他的意思，柔聲答：

　　"這個沒有關係，因為梅小姐曾經用力搓她的眼睛而弄傷了。而這些棉條祇是暫時保護她弄傷的眼睛使它不會被其他細菌感染。一星期後她回來覆診時醫生會替她拿走的，所以你可以放心。"

　　梅老闆知道這些都是安慰他的說話，道謝過那護士後他細心地推他的妹妹離開醫院，而他顧來照顧伊玲的私人護士祇是跟隨着他左右。

飯後，他們坐在大廳裡沒有說話，祇是大家靜靜地聆聽着音樂，柔和的小提琴正播放着哀怨的〈沈思曲，Meditation 〉梅老闆覺得這時候不合適聽這樣的音樂於是拿起遙控器改選了蕭邦的鋼琴〈夜曲〉。

伊玲知道哥哥的意思，捉着他的手説：

"哥，我再沒有事了，你不用太擔心我，這裡有鍾絲小姐和瑪莉來照顧，你大可以安心返回紐約。"

梅老闆擔心的語氣答：

"妳記得嗎？在返香港前妳答應見到小方時不會再哭的，誰知道…"

伊玲立即答：

"不，這個絕對不關方偉力的事。"

梅老闆不服的答：

"無論如何，我總覺得他應該負起責任，妹，不要操心，哥哥會替妳討回公道的。"

這時伊玲的私人護士拿着一份藥物來到。說：

"梅小姐，這時候妳應該休息的，在回房休息時請先服食醫生開給妳的藥。"

之後她小心的將藥片放在伊玲的手上，待她吞下前遞上一杯水給她。

　　由於梅老闆要在明早要飛回紐約，所以吩咐管家和看護要好好照顧她妹妹後就進回自己的睡房休息。

————————

　　今天艾美覺得方偉力做起事來總是心神彷彿，好像滿腦子心事，於是在放工回家路上問他，但是他還未肯說，艾美唯有改轉另一個話題問：

　　"今天我想吃上海菜，你有沒有意見。"

　　看見他點頭，她在公司附近挑了一間方偉力常去的上海菜館。

　　對着一碟他最愛吃的〈炒鱔糊〉和剛蒸出的〈小籠湯包〉他祇是隨便吃了幾口就放下。艾美猜到一定是老闆又施加壓力要他多轉些外國公司來。

　　<小方，我覺得這兩個月你從美國轉來的公司減少很多，再這樣下去，公司也沒有能力繼續經營，你知嗎？你的月薪是全公司最高的，希望下月起你能幫我多賺回來。>

　　想到這裡他什麼胃口也沒有，正當他們準備結帳離開時，方偉力收到一個從美國傳來的微信，這個微信令他立即興奮起來。

　　他揮手叫服務員多加一個〈銀絲卷〉和兩枝啤酒。

　　見到男友轉愁為樂的表情，艾美亦安心起來，但她沒有問原因，因為她了解方偉力，知道他開心時一定會對她說的。果然在他狂吞下餘下的〈小籠湯包〉後，他一邊將<鱔糊>挾在銀絲卷上一邊笑着對艾美說：

　　"哈哈，妳知嗎？剛才收到的是我以前在美國公司的一個大客戶，他們打算介紹我做他子公司的總代理，雖然說是子公司但其實只是類別不同，而且他們的生意額跟主公司差不多。你知嗎？開始時我曾想過搶他們過來，但這間公司太大，我怕一旦如果成功的話，梅老闆兄妹更加憎恨我，所以…哈哈，這一切問題都解決了，我可以向老闆交代，又不用怕令梅老闆不滿。"

　　艾美一邊聽一邊看着方偉力吃，看見他滿咀都是鱔糊流出的汁，樣子十分狼狽，但艾美好像沒有留意到，她突然捉着方偉力的手問：

　　"偉力，這個生意如果談得成，公司將會賺多少？"

　　方偉力興奮地答：

　　"實際可以賺多少我未知，但如果真的成事，那些佣金可以令我們在今年內結婚，哈哈，妳開心嗎？"

心情輕快的方偉力看見坐在他面前的艾美凝重的
面色，感到很奇怪，於是問：

「親愛的，為什麼你樣子看起來好像是不高
興？」

艾美忙於解釋說：

「不，你不要誤會，我不是不高興而我祗是
想。」

停了一刻她繼續説：

「偉力，我說如果，我意思是這樣，如果我
們自己成立一間公司，這樣的話，這單生意所賺
的錢必定會全歸我們的，對嗎？」

她這番話如醍醐灌頂令方偉力如夢中醒過
來，他用沾滿了醬油的手捉着艾美説：

「對，為什麼我一直沒有想過，這樣子我可
以做到盈虧自負，不用再受老闆的壓力，而且有
了這個大客戶我們就有了保障。」

興奮過後，方偉力突然顧慮，如果現在開
公司他們將會用上結婚的錢。

但艾美反而鼓勵他說：

「只要我們同心，何用怕遲點結婚，更何況
我想你有自己的事業。偉力，無論如何，我都支
持你，做你背後成功的女人。」

方偉力聽到後禁不住去吻她，使到艾美的
臉增添一片醬油。

　　到了第二天，方偉力做的第一件事就是向老闆辭工。

　　辭職後，他們兩人將安排結婚的事全放下，全力酬備開公司的事。

　　他們一邊忙於找合適的辦公地方，方偉力一邊不停地與美國新客戶接觸，務求做到他們的要求，當其他問題都一一解決後美國的新客戶要求方偉力飛來美國與他們公司簽約。

　　越是接近出國的日子，艾美反而越緊張，她不安的表情令方偉力好奇的問：

　　"什麼事？妳那麼緊張是否捨不得我走？傻女，我祇是去一星期，而且大部分他們要求的條件我們都做到了，那怎會有問題呢？"

　　艾美捉着他的手回話：

　　"親愛的，可能妳會笑我，但是我對你這次去美國，心裡總是有一種…那種感覺我說不出來，但是…總覺得，總覺得有種不安的感覺。對不起，可能我覺得我們將一切全放在自己的創業裡像是

場賭博，真的，我怕⋯我怕一旦失敗，那就全部
都沒有。"

　　方偉力拍拍她說：

　　"妳擔心的問題其實我亦曾經考慮過，不過
我們還年輕，而且我相信祗要我們肯努力去幹，
總會有成功的一天，妳要相信我。 以前香港時我
在一本周刊裡讀過一個小故事，故事內容是，＜有
兩個喜歡攀山者約好一起去爬一座高山。那天當
他們爬到了山腰時已經是黃昏，第一個隊友準備
在附近休息待明早太陽昇起時才繼續登上峯頂，
但是另一個隊友好勝心切，不顧太陽快要下山，
仍然想早點登到峰頂。可惜他行不到半程，太陽
就西下，四周即時間變成了漆黑一片。這時侯他
已經看不到前面的路，更在一個不小心時竟然跌
了下山，他急忙中抓着一枝從懸岩裡長出來的樹
枝，他緊握着那枝椏不放，在這時刻他唯一做的
是向上天禱告，希望神可以救救他，在這漆黑寧
靜的時候，天上突然傳出一把聲音，低沈的聲音
祗說了一句"放手"後再聽不到任何聲音。這個人猶
疑不決，選擇信還是不信，但最後他沒有放手還
是緊抱那樹椏。到了第二天，山腰休息的隊友待
太陽出來後開始繼續往山峰進發。當他走了一半
路時，遠處望到他的隊友冰凍的屍體緊抱着那樹
椏，而懸岩伸出的樹下原來是有一塊巨石。＞ 所

以艾美，我想過到了這個時候，我不想做那個緊抱着樹枝活生生凍死的人。"s

見到艾美點頭，他變得安心下來。

飛機從廣州經北京直飛到德州，方偉力再重臨這個曾經有段記憶的地方， 心中有些徬徨。日間他除了與新客戶接觸外， 其他時間都是躲在酒店的房間裡， 他低調地祇到附近的快餐店買食物，因為怕碰上以前的同事。

"方先生， 你看起來依舊那麼健康。"

接見他的新客戶代表是一個五十多歲兩鬢微白的白人莊遜先生。他熱情地與方偉力握手，方偉力禮貌地輕抱了他， 答：

"不， 我比以前肥了近十磅，真高興再見到你。"

客套說話之後大家轉入正題：

"你知嗎？方先生， 自從你離開美國後那些接你工作的人真是不知所謂， 幾次我都要向他們紐約總公司投訴他們才能夠將事件弄妥， 真令人失望。所以當我知道你在中國開設公司後， 毫不猶豫地向上頭申請將我們的子公司全交給你來做。"

方偉力高興地答：

"多謝你莊遜先生，請你相信我絕對不會令你失望，而且這段時間我和中國大陸的供應商關係弄得很好，所以日後貨品的供應上絕對不成問題。"

莊遜笑着答：

"這個我相信你，但是在這兩天我還有別的事情要處理，我將會吩咐秘書在這兩天內弄妥合約。而且我知道你想低調，不想舊公司的人知道你和我們的合作，這樣罷，今天是星期三，星期五下午三時我們在這裡見面並簽合約，好嗎？"這個方偉力當然是答應，回到酒店房間他興高采烈的立即告訴在中國的艾美，艾美亦高興的說："雖然是一日未簽上，一日還未決定，但偉力，我相信你一定可以拿到那份合約。加油！"

方偉力答：

"對，加油。"

<hr>

　　到了星期五的下午，莊遜先生比約定時間遲了近兩小時，在等候的那段時間，方偉力坐立不安，他想起艾美的擔憂，如果一旦有什麼阻礙他訂的飛機回程是在星期六，他擔心更改班機的時間也沒有。

　　所以當他見到莊遜先生與他的秘書來到後，心情才放鬆下來。

　　「方先生對不起，剛才的公司會議弄晚了，加上碰上下班時間的繁忙交通令你久等，真抱歉。」

　　方偉力當然是沒有說什麼，待合約簽妥後他熱烈的握着莊遜先生的手連聲道謝。

　　莊遜先生笑着説：

　　「方先生，你不用客氣，以後我們還有很多合作的機會。我秘書將會帶同我們的合約返公司，現在我和你去飲杯酒慶祝好嗎？」

　　雖然方偉力平日少沾酒類，但這種情況下他那會拒絕呢？於是跟莊遜先生到了一間充滿西部牛仔氣氛的酒吧裡，嘈雜的人聲和輕快的鄉村音樂使客人忘情地唱歌跳舞。

　　他們一邊喝酒，一邊享受德州盛名的燒烤牛肉。方偉力記得在一個週末，他曾經和伊玲兩人在後院裡生火燒烤，但味道總及不上這裡的燒烤。他開心的吃下一片片又嫩又鮮味的烤牛肉，

　　不期然的多喝點酒，開始時，他只是喝啤酒，還是那種小量酒精的啤酒，不過經莊遜先生勸服下，他要了一杯烈酒，辛辣的酒配上剛烤好的肉，又有另一種感覺。

　　不覺間，他醉了，酩酊大醉到伏在餐桌上睡起來，最後當然是由莊遜先生將他抬走。

　　到了方偉力回程的一天，雖然飛機到下午才會到達白雲機場，但艾美卻一早跑到機場。她煩燥不安的在接機大堂裡，不停的望著飛機抵達時間的顯示螢幕。最後，她看到一組由美國來的航班顯示將會在一小時後依時來到。

　　令她煩燥不安的原因是，方偉力習慣了每個晚上都會打電話來向她滙報在美國簽約的過程，特別奇怪的是在美國時間星期五應該是方偉力與美國公司簽約的日子，成功與否，一向做事謹慎的他定必會告訴她的。

　　他不但沒有給艾美電話，而且連簡單的微博通訊也沒有回覆她。

　　整個晚上她都在找尋一個為什麼方偉力不回話的理由。

　　到了第二天的上午，她在乘公車去機場的途中，不知道是否晚上沒有睡好，還是心情緊張的關係，她的眼睫不停地跳動，她盡力不想去記外婆曾經說過，眼睫毛跳動是吉還是凶的說法，在心中她祇想方偉力能夠平安回來。

　　那班從美國飛來的班機，最後的一個乘客亦出來了，還是未見到他，艾美控制着她不安的情緒，跑到機場內的航空公司查詢有沒有方偉力這個乘客。

　　令她再度失望的是今天或明天的班機都沒有方偉力的名字。

　　回到家，她找方偉力在美國住宿的酒店，詢問後的答覆依然是令她失望。

　　"方先生在星期五晚上已經有人替他辦了退房手續。"

　　艾美急著問：

　　"是否他本人辦理還是有別人代辦？"

　　酒店接待員答：

　　"對不起，我們沒有這方面的資料，我記得那天我當班，對方很晚才打電話來退房。"

　　每一個答案都令人不安，最後艾美祇好打電話給伊玲，她知道結果可能還是會一樣，但她再沒有想到有什麼方法可以找到方偉力。

　　一如她所料，伊玲並沒有去接聽她的電話。

第十三輯

　　當晚，方偉力很開心，能夠簽得一張大合同，而這份合同的金額除了夠他們新公司

　　未來一年的開支外，還可以足夠他和艾美在年尾結婚時的費用。所以當對方熱情的向他敬酒時他不敢推卻，一向不堪酒量的他，最後倒了下來。

　　在夢中他攜着艾美去到天河區參觀一座新建成的洋樓，一棟遠望能夠看到天河體育場的大樓正是他們打算作為結婚後的蝸居。夢中他看見艾美對他深情款款地笑，但當他們去到房產交易時，艾美從手袋裡拿出一束鈔票，突然附近出現了一陣強風將艾美手中的鈔票吹得四周飛起，方偉力立即躍起嘗試把它們捉住，但是卻感覺到好像自己被人綁縛着一樣動彈不得。

　　之後，方偉力醒過來發覺自已身處在一個小房間裡，張開眼睛四周看看這個地方他感覺到

以前曾經到過， 噢！這是伊玲來騎馬的市郊牧場
大屋， 房內他見到有兩個戴上口罩的男人， 他們
見到方偉力醒過來後就來到他的床邊。一個看似
醫生的男人用帶着中國口音的英文對他笑着説：

　　“方先生， 你好， 昨晚睡得好嗎？我是今天
替你做手術的高醫生， 稍候我會替你注射麻醉
藥， 不久後你會進入昏睡狀態。”

　　這時方偉力驚嚇的問：

　　“做什麼手術？為什麼要將我縛起來。”

　　另一個男人除下口罩望着他， 方偉力見到
更驚慌説：

　　“梅老闆？”

　　梅老闆冷冷的口氣説：

　　“姓方的， 你一定估不到在這裡見到我， 當
天欠我兩兄妹的， 今天要你全部還給我們。”
方偉力顫抖的聲音答：

　　“梅老闆， 我知我對不起你們兩兄妹， 但…
不知道要我如何還給你們？我答應你， 回到廣州
後我會將你們的客戶全歸還給你公司。”

　　梅老闆冷笑一聲：

　　“你估這樣簡單就可以了事嗎？況且這些小
公司我姓梅的一點也不希罕。説清楚今天我要的
是你的眼角膜來換給伊玲， 這個補嘗她有眼無珠
認識了你。”

方偉力聽後怒望着他說：

"我欠伊玲的不用你來安排補償方法，更何況開始時是你安排我們認識的。"

梅老闆答：

"開始時我估不到你會如此殘酷的對待她。"

方偉力解釋說：

"感情的事是雙方的事，並不是如你做買賣那樣。哼！怪不得今天你還未結婚，因為你一點都不明白什麼是愛情。"

梅老闆怒起來打了他一巴掌，可憐被綁的方偉力動彈不得，硬生生的吃了那巴掌。

就在這時候他們聽見在屋外傳來" 嘀答"" 嘀答" 的馬蹄聲， 梅老闆立即跑到窗前撥開厚厚的窗帘望向大門， 他看見 O。J。 正騎着馬從牧場走來而他還拖着尾隨的雪塵， 於是他立即從二樓走到正門然後衝出大屋外擋着 O。J。 的馬問：

"O。J。 這是什麼回事？你為什麼今天拖雪塵來大屋？"

O。J。 見到梅老闆立即從馬鞍上跳下然後有禮貌的回話：

"早晨梅老闆， 這是因為剛接到伊玲小姐的電話， 她說自從返回美國後都沒有騎馬所以吩咐我將雪塵放在大屋前， 之後我還要去接她來。"

梅老闆待 O。J。說完後立即吩咐他， 說：

"O。J。 不管你用什麼藉口今天是不能讓我妹妹來到這裡的。"

O。J。 點頭表示明白， 但這時他的手機嚮起來， 他接過後臉上現出一個無奈的表情說：

"剛才是伊玲小姐的電話， 她說已找了路易載她來牧場不用麻煩我了。"

梅老闆說：

"O。J。 再打電話給她叫她不要來， 噢! 這樣說她一定會亂猜的， 總之是不能讓她來， 明白嗎？"

不過可能太遲了因為他們見到牧場閘口處泛起了一陣沙塵明顯是有一部汽車正向着這裡駛來。

梅老闆從口袋掏出一張$100 元鈔票給 O。J。 說：

"立即去截停他們， 記着千萬不要告訴他們我在這裡。"

O。J。 接過他的錢後立即跳上馬背， 然後手腳並用的催策他的坐騎， 他一手拿着韁繩另一手用力地拍打馬頸， 而腳不停地踢馬肚務求令他的坐騎盡快走到牧場的閘。

一邊駛車一邊聽着音樂的路易突然見到一個戴着牛仔帽的黑人騎着馬衝向他， 他驚恐地立

即將車煞停，　而 O。J。 亦策馬來到路易的車
前，　他見到伊玲坐在車廂內於是示意他們將車窗
按下，　說：

　　"對不起，　我猜伊玲小姐今天妳不能在這裡
騎馬，　因為今天來了幾個牧畜管理局的人員來檢
查牧場的動物和衛生，　經驗告訴我他們可能要花
上大半天才能完成檢查。"

　　伊玲聽後點頭答：

　　"我明白，　那我改天再來罷。"

　　但路易有些不服氣的問：

　　"那麼為什麼我看見大屋前停了兩部車，　是
否大屋內有客人？"

　　O。J。 急着回答：

　　"路易不要亂猜，　這不過是牧畜管理局人員
的車，　他們祇是在早上來時找錯地方，　因為牧場
登記的地址是梅老闆的大屋地址，　反正大屋和牧
場都是梅老闆的物業。"

　　坐在車廂內的伊玲感到不耐煩，　催促路易
不要再問立即離開。

　　梅老闆望着他們離開後才走回屋內，　方偉
力雖然是被他們縛綁着但仍能聽到梅老闆和 O。
J。 的說話，他不停大聲呼叫希望路易或伊玲能

聽到，　可惜大屋與牧場進口有一大段距離，　加上路易車裡的音響使他的呼叫聲白費。

　　進入房間後梅老闆吩咐高醫生開始，　高醫生對躺在床的方偉力說：

　　"方先生，　請勿動因為如果我不能替你注射麻醉針你會感到很痛的。"

　　他一邊說話一邊用力按着方偉力不停掙扎的手，　之後在他手臂和眼睛兩旁注射了麻醉藥。過不了一分鐘方偉力在迷糊中昏迷起來。

　　他不知道己經昏迷了多久，　醒來後麻醉藥亦漸漸散去，　他開始感覺到痛苦，　他嘗試看看周圍環境，　但見到四周的都是漆黑一片，　只有窗外傳來的白光使他相信還是在中午時候。

　　方偉力努力地回憶昏迷前的狀況。在開始昏迷前，　他聽到梅老闆在他床邊的笑聲，　並對他說了一堆話，　但他始終都未能記起他說的是什麼，　祇是隱約聽到 O。J。　送梅老闆離開時間：

　　"老闆，　如何處置這個人，　是否像上次一樣？"

　　梅老闆沒有考慮就答：

　　"對，　將他埋在那臺灣人附近做肥料，　不過暫時先讓他多活幾日待伊玲手術成功後才動手。"在他轉身準備離開時，　梅老闆將他叫停，　說：

　　"如果伊玲小姐想來騎馬，告訴她牧蓄管理局很麻煩要一星期驗查，盡量不讓她來，明白嗎？"

　　之後拿出一叠鈔票給 O。J。
　　O。J。 千多萬謝後就送走梅老闆。

　　當麻醉藥效力散退後眼球的痛使方偉力大聲地叫起來，縱使他力竭聲嘶地吼叫喊卻沒有任何回應，他努力想掙脫綁着他手腳的布條，但一點也不成功。在絕望和痛楚之下，他哭起來，淚水任由它流進入耳朵內。
　　可憐的小方，如小孩子一樣，哭得疲累時漸漸又睡起來，再張開眼睛時，看到窗外猛烈的陽光己變淡。
　　不知道過了多久，在空虛的大屋內嚮起一陣由遠到近的腳步聲，聽到扭開門把的聲音，使方偉力興奮的叫起來：
　　"有人嗎？請放我走。"
　　腳步聲愈來愈近，餐盤輕微碰撞的聲音加上食物的香味，使方偉力記起今天整天都沒有進食過任何食物。
　　一把平實的女性聲音説：

"方先生，這是你的晚餐和藥物，但高醫生吩附這種止痛藥是不能夠空肚服用的，所以你先要吃完晚餐後才能服用。"

方偉力説：

"請問現在是什麼時候？而妳叫什麼名字？"

那女人沒有答他的話，只是放下食物後，就替方偉力鬆開縛着他手中的繩讓他自己進食。雖然他整天沒有吃過任何食物，但當飢餓的他嗅到放在意大利麵上的芝士粉味道時，他立即感到反胃，立即放下手上的叉，苦着臉説：

"噢！我的天呀？為什麼你們總喜歡將那令人作嘔的芝士粉加入意大利麵上，對不起，我真的不能吃，請問可不可以換另一個菜給我？麻煩妳。"

就算他如何乞求，那個女僕只是隨手將那碟意粉拿走，遞給他吃的是兩個乾硬的麥片麵包和還沒有解冰的牛油。

方偉力唯有將它和沙律一口氣吃清，待他吃完後那個女人將一粒粒的藥丸放入他的口裡，這些通常都是消炎丸或止痛藥等藥物，之後他感到那個女的捉着他的手去拿枱面上的水壺盛了一杯水給他喝。説：

「這水壺裡的水足夠你一天飲用的，我將會是照顧你的人，而床頭有一個電話，是你我通話用的。不過如無必要，請勿打擾我，因為我沒有時間陪你閒聊的，還有，我叫杜麗絲。」

之後再將他的雙手縛起來，方偉力嘗試掙扎，但對方的力氣比他還強，一邊縛一邊說：

「先生，這是對你好的，醫生怕你在痊癒前用手亂抓眼睛感染病菌。」

正當她準備離開時，方偉力問：

「請問那處是洗手間？」

那個女的冷冷的回答：

「這間房是沒有洗手間的，如果你需要大小便，在你床的左邊有一個旅行用的便桶。」

說完後，將殘餘的食物取走後就離開。

第十四輯

　　服過醫生給的消炎和止痛藥後，方偉力眼睛雖然仍包紮着紗布，但已經沒有日前那麼痛，而照顧他的女人為免他不停的叫她乾脆將他鬆綁，使他可以在任何時候都可以自己去方便。

　　躺在床上的方偉力，感覺四周寧靜，晚間除了蟬鳴聲外，還聽到<雪塵>思家的嘶聲，他不覺地想起遠在東方的艾美。一個逃離大屋的意念在腦中浮了出來，於是乘着那個照顧他的人離開後，方偉力冒着痛楚靜靜地嘗試推開那房門，幸好照顧的人匆忙離開時沒有把門鎖好。憑着以前和伊玲來這裡渡假的記憶，他一步步地摸着牆向前走，但到了樓梯時他沒有察覺，一失足跌倒滾下梯級，幸好倒下的位置剛是梯級的轉角位置那裡祇有四，五級樓梯，所以只是碰傷了頭和肩膀，雖然傷的情況並不嚴重但仍是很痛，之後他爬起，再一步步握着扶手踏着梯級走下到大廳。他記得通過大廳就可以去到正門，可惜走到正門時才發現正門是用反鎖的門扣，他花了任何方式還是不能打開它。正當他覺得絕望時，聽到廚房舊式雪櫃的壓縮器發出沉重的聲音，他知道在廚房內有一度側門，於是他伏在地向着廚房的方向爬去，果然在他走到廚房後被他找到了側門，側門雖然亦是上了鎖，但這個鎖比較簡單，他在廚房的抽屜裡找出一把小刀，輕輕地一扣，門立即被打開。

扣馬的小木柱在廚房側門不遠處，但當方偉力行近小木柱時，地上一堆堆亂石將他摔倒在地上，他看不到，但當用手撫摸受傷的手臂時感覺是濕濕的，他知道一定是流血，為免再摔倒他再次伏在地上爬。

<雪塵>的呼吸聲越來越近，最後他觸摸到牠，說：

"雪塵乖，背我到大路，讓住在路旁流動屋的人可以救我。"

他不熟習地跳上馬背，這個突然的動作嚇得雪塵立即奔走起來，方偉力緊抱着馬頸，但是這個動作反使雪塵更感不安，牠不停地搖頭意圖將鞍上人摔下來，這時方偉力記起伊玲在初初教他騎馬時有一招很有效，就是當坐騎不受控制時那就要利用韁繩左右拉動來對付急快跑的馬，因為馬匹含鐵的咀角是最敏感的部位，這樣做牠們會感到不舒服而會慢下來，這招果然生効雪塵亦慢慢靜下來。幾經掙扎的過程後人馬都倦下來，最後馬匹停在一堆燈光下，方偉力見到眼前一些

光，他以為是已經到了大路的流動屋，於是下馬
走到門前一邊拍門一邊大叫：
"救命，救命，請問有沒有人可以救我。"
　　當門打開時，一把熟悉的聲音叫了他一
聲：
　　"方先生，這麼晚你還未睡嗎？你應該依從
醫生的吩咐早點休息。"
　　方偉力心中大叫不妙，說話的人正是農莊
的打理人 OJ。這個 200 多磅的黑人一手捉着方偉
力，而他太太杜麗絲亦從屋內走出來，見到方偉
力在屋裡逃出她驚慌不己，看見方偉力嘗試逃
跑，她立即跑上前攔阻他，一個看不見的人如何
能夠逃出一個正常視力的人呢？OJ 不顧小方的掙
扎，大力拖着他在碎石路上走，可憐小方如一隻
無力反抗的羔羊一樣雙腳被拖到流血，最後他被
OJ 大力拋到小貨車上。一聲急速的汽車啓動聲令
小貨車如賽馬場的馬匹衝開閘廂狂奔一樣。這種
突然的聲音嚇得牧場內其他的馬匹驚叫起來，不
消一分鐘，小貨車終於停泊在大屋前，OJ 一邊斥
責他太太的大意，一邊強拉小方，使他無助地滾
下小貨車。
　　他粗暴地將小方放在大廳的地上，但他太
太杜麗絲立即說：

　　"你不能掉他在這裡，快點搬他到他的房間。"

　　OJ 還是不停的用粗話罵小方和他太太，杜麗絲忍不住的說：

　　"不要再罵了，我知道這是我的錯，OK，我答應明天會將屋裡的所有門和窗戶全部都鎖上，快點，我很累了，不過請你不要告訴梅先生，否則我們將會被他開除。"

　　OJ 聽到後卻不以為然，說：

　　"我才不會怕他開除我們，他不怕我告訴警方在這院子裡埋下了兩條屍體嗎？"

　　說完後看到方偉力從地下爬起來，於是粗暴地扶他登上二樓的房間，入到房間後大力的將他推到床邊。可憐的小方，無助地用力爬上床，接下來的是一聲大力的關門聲，OJ 還在房門外 用一 束鐵鍊將房門綑綁起來。整個晚上方偉力不停的想，自己實在是太大意，讀書時，老師曾經教過他一句中國人的成語（老馬識途），這是說明，任何馬匹牠們都記得回家的路，<雪塵>也沒有另外，在沒有人策騎指引下，牠只識奔回自己的馬廄內。

———————

　　到了第二天，杜麗絲果然將房子內的窗全部放上只能用鑰匙打開的扣。

　　為了防止小方再度逃走，杜麗絲不敢大意，她大概到了午夜十二點左右才敢離開，而且在

　　離開前都會進入方偉力的房間巡視，肯定每個窗都是扣上後，她才敢離去。

　　算算小方被困在這裡已經好幾天，日子越是一天天的過去，方偉力知道自己越是接近死亡。

　　這兩天的天氣變得很壞，低氣壓令牧場的昆蟲不安地到處亂飛，它們可能預知大風雨即將來臨於是設法找一個安全的地方來躲避。果然到了晚上，天上出現第一度閃電，隨之而來的是令人心悸的雷響聲。之後巨大的雨點如機鎗子彈猛力地射向玻璃窗。

　　由於下雨關係，杜麗絲今晚提早離開，但方偉力仍是耐心等待大堂的座鐘敲響十二次後才放心離開他的床。到了晚上，大堂的古董鐘敲了十二次，方偉力輕輕的走去推開房門，但無論他扭向那一邊，房門仍是鎖得緊緊。他只有走到陽台，但通往陽台的玻璃門亦被他們鎖上。方偉力再想想，現今唯一逃生的希望祇有是寫字枱上的小窗，他猜測那小窗安放太高，矮細的杜麗絲一

定是爬不到，　於是他搬上一張鐵櫈放在寫字檯的檯面上，　方偉力謹慎的站在鐵櫈上，　然後用手細心的 摸索，　果然不出他的猜度這扇小窗果然沒有扣上，　於是他嘗試將它打開但這扇窗已經太久沒有打開過，　而窗兩旁積着的污泥正阻塞着，　令推開它要多花力氣才能打開，　幸好落下的雨水沖走部份污漬，　雖然如此但他仍要花上大氣力來推才能將它推開，　玻璃窗外還有一扇用來隔阻屋外的飛蟲進入的沙窗。他小心翼翼地試圖拉開那沙窗，　誰知他拿不穩手上的沙窗一脫手就掉下來，　從跌下的速度回聲方偉力猜小窗與地面約有二十英呎距離。　為減少躍下去的高度，小方將床單和被單紮起來然後緊緊的將它綁在窗的支架上。他拼命的嘗試先將頭部穿過小窗，　正如民間說法，祇要頭部可以穿過身體其他部位都會容易通過。多日來的憂慮和沒有進食的胃口，　使他的身型變瘦，　果然他一下子就能穿出小窗，　在爬窗到地下的過程，　他都緊握着那條逃命的被單一步步地向下溜去。

　　　在今次出發前躺在床上的小方已計算好方向，OJ 的馬房正是面對着大屋的東面，而今次閃電的方向是在西方的小窗出現。所以當他握着被單滑爬下到地後，　他不敢站起來走，　祇是伏在地上爬，　他顧不及頭髮和背部被雨點的拷打一直在爬，泥濘的路擦破他的雙手和膝蓋，雨水將綁着眼睛的紗布染濕，最後還鬆脫，小方乾脆隨手把它拿掉，祇憑着閃電的光芒繼續爬行。

通常牧場圍欄外主人會在四周挖一條小坑圍着牧場，這些小坑除了防止蓄牧跑走外，還可以防止外來的車輪駛進來。

一場豪雨，小坑的積水已經漲到及腰的位置，方偉林唯有小心地站起來涉水而過。

他知道渡過了小坑再過圍欄就可以逃離開牧場，但這一條帶刺的圍欄弄到他手和背都受傷，方偉力唯有忍着皮痛爬過去。

這時身上的是血還是雨水他已經分不清，更恐怖的是他不知不覺間地爬進入一個叢林裡，濃密的樹木遮掩着閃光，使他更難辨別出方向，只能依靠雷響的方向前行。附近泥土被雨淋得更濕軟，有些地方的泥土使他的腳插在又濕又深的軟土上更是舉步難行，幸好他抓到附近的樹枝一步步的拉着走。

不知道經過多久他終於穿越那叢林，而這時候，暴雨亦離開，在沒有指引下，他祈求上天使他可以走到大馬路，他一直爬，一直向前爬，心中想着在遠方的艾美，彷彿感到她在身邊不停地鼓舞着他向前。當他的手接觸到硬地時他興奮

地叫起來，他知道已經來到大路，疲累得令他癱瘓在柏油路上，

　　他不記得休息了多久，但突然腦中浮出一個想法，就是一旦未能遠離這個牧場，日出時如果被 OJ 發現，他定必會立即將他殺死，這個突然出現的想法使他立即醒過來，他不顧一切地站起來向前走，因為漆黑中看不見大路的彎角，一腳踏空，他摔倒在小坑裡，幸好祇是一個小坑，方偉力可以容易爬回大路。為免再走錯，他祇好再伏着在大路爬，用手觸摸着油柏路的邊沿爬。突然他感到眼前出現一點光，這點光從遠而近，加上機器的聲音，他肯定駛來的是一部大型貨車

　　駕駛着大型貨車的司機因為趕着上午前將貨物送到客戶手上，他忍着睏來趕夜路。他突然看到在大路旁有一個物體移動着，開始時他以為是一些大型的動物如鹿或野狗，他沒有多大注意繼續在大路上飛馳，但當貨車經過時，他發覺那物體竟然站立起來，由於貨車的速度太快，他以為是自己睏所以沒有再去想其他繼續向前駛。

　　感到失望的方偉力並沒有放棄，他繼續不停地爬，但是大路上再沒有汽車出現，他又累又飢渴，不知道爬了多久，有一線光出現在他視覺，他興奮的站起來，對那光揮手，奇怪的是他感覺光漸漸增大，但卻一絲兒車輛行駛來的聲音

也沒有，噢！他心中大叫不妙，這一定是太陽日
出的光。

　　果然這正是清晨的陽光，他身體立刻軟下
來，當他感到失望時，一陣汽車聲從遠處出現，
他不敢怠慢立即再度站起來，為免再次錯過良
機，他脫下上衫，不停的揮舞，由於他站的位置
是轉彎位，駛入的箱型車司機看到他時已是煞制
不住還碰上了他，幸好司機在轉入彎前將車速減
慢，而且只是車邊觸及他，所以方偉力並沒有受
什麼傷。

　　司機是一個墨西哥人，他從駕駛座跳下來
用西班牙語問他的傷勢，但是方偉力一點都不明
白，幸好車上有一個中國女孩，她用普通話問：
　　"你是中國人？"
　　方偉力好像是一個溺水的人在水裡抓到一
根木一樣興奮。他立即答：
　　"對，我是中國人，小姐可不可以救我，求
求你。"
　　那女孩聽完後轉頭用西班牙語對司機說，
但他的答案令方偉力失望。
　　"對不起，他說不能。"
　　正當方偉力跪求她時，又有一部車急速的
停下，一對黑人夫婦從小貨車出來，不發一言的
走過來將方偉力拉起，打算拖他上車。

　　小方當然是掙扎，因為他知道來捉他的是
OJ 夫婦，　但始終他敵不過他們而再次被他們推上
貨車上。而在場的司機不但沒有伸出援手，反而
偷偷走回廂型車內，　祇有那個中國女生聽到方偉
力的求救叫聲立即從車廂內跑出來用力的把他從
小貨車裡拉下來，　OJ 看見立即從駕駛座跑出來一
手將那中國女生推走還用粗言警告她不要多事。

　　　正當在他們互相推擠時，　一部巡邏的德州
高速公路巡警的車經過，他看到兩部車停泊在一
起以為是普通的交通意外，　於是駛近了解情形。
而當 OJ 看見警車駛近，　心中驚起來，因為小方一
定不會放過機會告訴那警員，　驚慌之下他慌忙的
帶着他妻子跳上自己的小貨車，　迅速離去。巡警
看見他倉忙地逃跑，　猜測他一定是有問題，　於是
立即亮起警號加速追逐。

　　　立在一旁的方偉力心中很矛盾，喜的是警
方將 OJ 嚇走，　他將不會捉他，　但愁的是一個請求
警方救他的大好機會都溜走。而運貨車這時又準
備開走，　他顧不了個人安全緊緊的捉着貨車的
門，　不停地乞求車內的人救他。

　　　看到那司機轉頭好像是叫那個中國女生上
車，　然後自己走回駕駛座，　但方偉力沒有放棄懇
求那個中國女生，　最後看見她走上前用西班牙語
和那司機說，　之後她跑回來對小方說：

　　"他同意，但是祇能車你到兩哩外的快餐店，到那裡後你可以找人替你報警，明白嗎？"

小方當然同意，於是那女生扶他走上貨車後座的載貨位置，一箱箱的蔬菜和生果的香味，小方猜到這一定是部蔬果運輸貨車，誰知穿過一箱箱的蔬果後，方偉力感到蔬果箱後還坐着幾個人，他心中明白為什麼那司機不能載他去警署或醫院。他沒有說話，反而那中國女生可能很久沒有人跟她說中文，所以在這短短的路程不停地問：

　　"究竟發生什麼事？你好像看不到東西，你是否是個失明的瞎子？"

　　小方詳細的告訴她的經歷過程。

　　之後那女子說：

　　"怪不得你那麼怕那對黑人夫婦，如果他們真的來捉你回去，我們的司機都會袖手不理，幸好剛巧有巡邏警車經過。"

　　小方好奇的問：

　　"車內的是否全部都是偷渡客？"

　　她答：

　　"對，我們都是從危地馬拉經墨西哥來的。"

　　小方再問：

　　"他們是為了生活，但我猜妳一定不是為生活的，對嗎？"

　　那女生嘆了一聲後説：

　　"我和我丈夫從福州先到秘魯工作，賺到一筆錢後就去了危地馬拉，然後打算再來到美國，在南美洲的偷渡費用比較便宜，但去美國價錢就不一樣，所以我先讓丈夫去，據說年初時他已經到了紐約，但之後再沒有與我聯絡上，我擔心起來就和同鄉借錢來偷渡。"

　　之後，她沒有說什麼，祇是抬頭看着上空的浮雲，感覺自己像白雲不知道隨風會飄到那裡去。之後小方聽到陣陣輕微的哭泣聲。車繼續在公路上行駛，而小方嗅到菜箱內傳出的百里香的味道，使他聯想起 Simon and Garfunkel 的 Scarborough Fair。

　　可能這部載滿着迷迭香和百里香的貨車，正駛往她要去的地方。

　　不到五分鐘，貨車停在一間快餐店外的停車場，司機吩咐了坐在裡面的乘客幾句後就下車走進快餐店，不久後他拿着一袋袋漢堡飽出來，然後分派給各人，大家都顧不及禮儀，快手的從紙袋裡拿出一個個漢堡飽，然後咬未夠一口就吞下去再咬另一口，花不上半分鐘他們就將那有半磅牛肉的漢堡飽全吞下。

這時期，小方亦不客氣的搶了一個吃，當大家吃完後，那司機對中國女生說了一番話後就上回駕駛座內，準備再開行。

那個女生對小方說：

"司機先生說他已經是盡了力，他不能再繼續載你，你明白嗎？"

小方已經是很感恩，他當然是明白，說：

"大恩不言謝，我叫方偉力，妳寫下我的電話，日後如果有什麼需要幫忙的話可以打電話給我，在美國我還認識一些朋友，如果有機會到廣州記得找我，讓我報答妳的救命之恩。"

那女生抄下他的電話後說：

"我叫邱小惠，再見。"

方偉力被她扶坐在一個金屬的物品旁，一陣惡臭的味道，使他相信這個一定是個快餐店的大垃圾桶，道謝一聲後，他疲累地倚在垃圾桶睡起來，不知道睡了多久，他被一堆人圍着，不停的問他問題，最後他被送到醫院去。經過休息後方偉力對調查的警員將這星期發生的一切詳細的告訴他。

那個警員再查閱報告，原來德洲公路巡邏員警追上 OJ 後，OJ 已經全盤說出，所以調查警員一查之下證實了方偉力的說法。

　　而艾美收到美國方面的通報後立即從廣州
飛到美國來照顧方偉力。經過多月來的調查和醫
療後，方偉力和艾美終於返回到廣州，可惜的是
由於他的眼睛因為缺乏正確的處理，醫生己判斷
為永久性的失明，但對於仍能保留着生命的他己
是覺得很幸運。

　　回到廣州大概半年時間方偉力在艾美惜心
照料下漸漸習慣生活在黑暗裡。在一天當方偉力
在家休息時收到了一個微信，由於看不到祇好刪
去，之後是一個電話，這兩個都是由美國傳來
的，他接聽後覺得有點陌生。
　　"方先生是你嗎？"
　　對方用普通話說。
　　方偉力答了句:
　　"對，請問妳是誰？"
　　對方答:
　　"方先生記得我嗎？我們是在德州見過面
的。"
　　這一說方偉力立即記起，他的聲調立刻變
得喜悅，答：
　　"是邱小惠嗎？噢！接到妳電話實在是太高
興了，妳現在還在美國或是已經回了國，如果是
回國妳定必要到廣州來見見面。"

　　他喜悅的情緒使他全忘了自己是個失明的
人如何可以見到她的面。不過對方並沒有介懷祇
用平淡的語氣說：

　　"方先生，我仍住在紐約，只是，我要找的
人他跟別人在美國結了婚，其實早在打算偷渡來
美國前我己料到，祇不過，唉！祇不過是自己不
甘心。不過算了罷，對，方先生記得你曾說過你
有朋友在美國可以幫我辦居留的，不知可不可以
辦到呢？"

　　方偉力問：

　　"既然妳丈夫己變心妳又何苦還留戀在美國
呢？"

　　邱小惠答：

　　"方先生，並不是我不想回中國而是當年我
們夫婦在親友處借下了一筆偷渡費，我答應在美
國做工賺的錢還給他們，後來才知道在美國工作
要有工作証和報稅的，所以我才打電話請你幫
忙。"

　　方偉力答：

　　"這個我並不肯定可以辦到，但相信我。這
樣罷妳留下美國的電話號碼待我通知妳。"

　　邱小惠留下電話號碼後就掛了。

　　正當他困惱着如何可以幫邱小惠的時候，手機响起一個錄音留言，這留言使方偉力相信留言的人可以幫助他。

　　“偉力，很久沒有跟你聯絡，你好嗎？下月我會到香港開會。。。。到時如果你方便的話，我想見你。”

結局篇

　　這一天整天都是下着雨，雨點在黃昏時續漸化轉為繽紛細雨，早來的暮色令城市的街燈在五點前已經全亮起來。一間座在繁華城市內的酒店所有房間的燈亦陸續亮起，只是在頂層的一間房間仍是漆黑一片。一個三十多歲穿着一套素色裙褲的女士，沒有拿雨傘，付過車費後匆匆的離開出租車跑進酒店內。她走到前櫃臺讀出預約的名字後，櫃檯人員隨即交給她一張門卡。

　　來到預約的房間，她熟練地插卡，之後推門而進。房內一片漆黑但她沒有開燈只是借着透過窗紗傳來的暗光找到一張椅子坐下來。她感覺到約她來的人己經在房內，之後問：

　　"你好嗎？"

　　大概半分鐘才聽到一把男聲答：

　　"都習慣了。"

　　問的人是伊玲，而答話的正是方偉力。

　　之後大家默默無言的坐着。伊玲進入房間前仍未清楚今次的約會她是來多謝方偉力給她視角膜，還是向他道歉，最後她打破緘默説：

　　"偉力，對不起，我真的不知道哥哥會這樣對你，相信我，這全都是他的主意，到了警方來調查時我才知道其中的始末。"

　　方偉力回了一個苦笑，說：

　　"我知道，不過都已經過去了，大家不要再提。"

　　伊玲繼續說：

　　"真想不到你會老遠的從廣州來香港見我，多謝。"

　　方偉力答：

　　"這是我太太的意思，她覺得我們應該來一個總結。"

　　伊玲用羨慕的口吻説：

　　"偉力，恭喜你找到一個賢內助，我知這幾年艾美替你公司做得有聲有色。"

　　聽到伊玲的一番讚美他太太的話後方偉力心情開始變得輕鬆，答：

　　"對，這段時間幸得有她的幫助我才可以從人生低谷裡爬起來，現在公司的業務大部分都是由她來處理，我祇是在旁提供意見和策略。不過，伊玲，我還是要多謝妳，因為妳提供了不小客戶給我們。"

　　伊玲笑着答：

“也不是什麼大公司客戶，祇是哥哥入獄後公司的業務全交給我來處理，哈，你都知道我有多大能量的，所以亦算是你替我分擔部分工作。唉！現在才知道哥哥的能量有這麼大。”

方偉力説：

“經過這次後，才知道妳們兩兄妹的感情是如此深厚的，特別是妳哥哥他真的是很愛妳。”

伊玲嘆了一聲後輕輕答：

“對，他真的很疼愛我，記得在中學畢業時參加學校的舞會，我穿的白色紗裙也是他在曼哈頓第五街的大百貨公司買給我的，有趣的是他見到我穿上後不其然過來抱着我説〈伊玲妳今天很漂亮像極一個公主，如果妳不是我妹妹，我一定會娶妳。〉我知他是跟我開玩笑。”

方偉力問：

“那麼為什麼到了這個年齡他仍然未結婚？”

伊玲答：

“可能是外婆給他太多壓力，你知嗎？我們一家人都是外婆申請來美國的，記得她在紐約唐人街經營一間雜貨店，哥哥比我大十歲而且長得高大，所以放學後就要跑到雜貨店幫忙，記得有一天我放學回家經過雜貨店，見到哥哥蹲在後巷洗擦剛從垃圾場檢回來的生鏽鐵架，唉，可能我沒有告訴過你，那天是一個下着雪的冬天，他的帽和衣服都蓋滿了雪花，鼻子都凍得紅紅，拿着冰涼的水喉，一邊清洗，一邊用鐵絲將架上的鏽擦走，這個情景我永遠都記住。一向勤勞的外婆將哥哥鍛練成一種積極向上的性格，所以公司有今天的成就，這全都是他的功勞，可惜…"

說到這裡伊玲禁不住哭泣起來，方偉力立即捉着她說：

"伊玲，妳的眼睛剛治療好，不能再喊。"

伊玲沒有答話，只是點頭。

之後大家再次沉靜下來。

外面的雨勢突然轉大，雨點的滴答聲不斷拷打窗戶。伊玲關心的問：

"外面下雨，你有沒有帶雨傘來？"

方偉力答：

"沒有。"

伊玲說：

"那麼我們在這裡多坐一刻吧！"

但方偉力答：

"不，我看這場雨可能會下一整晚，而且我太太仍坐在酒店大堂內等我。"

伊玲彷彿在進來時看到一個穿紅色套裝的女人背向着她坐在大堂的沙發上。於是道別一聲後走過來吻了方偉力，伊玲身上那一股獨特的香水味激起了他的回憶，記得曾經為了尋找那股香味方偉力走遍過很多地方。

當他準備離開時，方偉力轉身對伊玲說：

"伊玲我有一個要求希望妳能幫我"

伊玲答：

"什麼事？"

方偉力說：

"我在牧場發生的事妳知道的，噢！不，我並沒有怪妳的意思因為這全都是妳哥哥的安排，而且他亦已經受到了法律的處分，一切己成的事怪誰都不能改變事實。我意思是說在我遇難的時候幸好有一個偷渡來美國的中國女生拼命救我，這樣我才能逃脫出來。那個女生她偷來美國主要是去找她的丈夫，可惜的是當她去到紐約時發現丈夫己戀上另一個人，但是她又不想返回中國，因為之前她們夫婦在親友中借下了一筆錢，所以仍想留在美國賺錢，伊玲，我想在妳能力下希望能幫幫她，使她可以在這裡合法的居留，可以嗎？"

伊玲笑着回答：

"這個是小問題，你告訴我她的名字待我回到美國後找公司的律師替她辦。"

　　方偉力開心的說出那個中國女生的名字和電話後便離去。

　　他們按照初次見面時的規定，伊玲先讓小方離開，之後她打開窗簾然後不自覺地倚着窗前望向酒店的大門，大概五分鐘後，她看到一個穿紅衣的女人拖着一個拿着手杖的男人慢慢走向的士站。

　　窗外再沒有雨，但她仍是不自覺的流下淚來。